# 六个道德故事

Éric Rohmer
Six Contes Moraux

[法]埃里克·侯麦 ———— 著   胡小跃 ———— 译

北京联合出版公司
Beijing United Publishing Co., Ltd.

雅众文化 出品

# 前　言

一个故事，如果能写出来，为什么还要拍成电影？如果要拍成电影，为什么又要去写它？这个双重问题看似无聊，其实不然，它正摆在我的面前。我产生写这些"故事"的念头时，还不知道自己会成为一个电影导演。如果说我拍了一些电影，那是因为我无法把它们写出来。如果说，我真的以某种方式把它们写了出来——如同你们将要读到的那个样子——那只是为了能把它们拍成电影。

所以说，这些文字不是从我的电影中"抽"出来的，它们在时间上先于电影，可我当时写的时候就有意不把它们写成"电影剧本"。因此，没有拍摄电影所需的提示，它们一开始就完全是文学的面貌。这些文字本身及其所承载的东西——人物、场景和言语——必须早于电影的拍摄，尽管只有电影才能完整地把它们展现出来，因为人们从来不会根据空气来拍电影，拍电影总要拍一些东西，无论是虚构的还是现实的。现实的东西越是虚幻，虚构的东西就越应该基础扎实。然而，尽管受"纪实电影"这种方式的诱惑，我还是要坦诚地说，情节剧或私人日记等形式不合我的口味。这本书中的"故事"，正如这个词所指明的那样，应该依靠自己虚构的力量来站稳脚跟，虽然它有时也会从现实那里借鉴甚至盗窃某些因素。

现代电影人的野心，是完全成为自己的作品的作者，承担起传统赋予电影编剧的任务，这也曾是我的野心；但这种巨大的权力不是一种优势和动力，有时会让人觉得是一种障碍。成为自己所创作的主题的绝对主人，能够根据灵感和当时的需要进行删除和添加，而不必向任何人汇报，这会让你高兴，但也会使你瘫痪。这种便利是一个陷阱。自己的文字应该是一种禁忌，否则你会陷入困境，然后让演员们步你的后尘。或者，如果即兴编写对话和情景，在"蒙太奇"时，应该产生新的距离，让所拍摄的东西来统治所写的东西：也许，根据故事来组织形象比根据随意拍摄的形象来创造故事更加容易。

奇怪的是，最初吸引我的是后一种办法。在这些文字占优势的电影中，我以为，事先编写好文字，在拍摄时就会失去创造的快乐，不管这些文字是我自己写的还是别人写的，我都不愿意成为它们的奴隶。在这种情况下，我更愿意献身于一项陌生的事业，而不愿意献身于自己的事业。不过，我慢慢地意识到，我对这样一种方式所需的偶然之信任，与对我所做的事情经过深思熟虑、极其严格的一面不相对称，需要出现一种奇迹（请原谅我并不相信会有这种奇迹）才能让所有的组成部分完全合乎要求，而我微薄的经济能力也使我无法做任何探索。如果说，在某些情况下——尤其是在第四和第五个故事中[1]——演员们参加了对话的编写，他们在心里记住了已经确定的文字，好像那

---

[1] 所以，从某个方面来说，《女收藏家》中的所有演员、《克莱尔的膝盖》中的奥罗拉·科尔努和贝亚特里丝·罗芒，以及《慕德家的一夜》中的安托万·维兹，都是本书的合作者。——原注

是散文之类的东西，而几乎忘了那是他们自己创作的。

纯粹即兴的段落是很少见的，它们不过是故事的电影形式。严格来说，它们不属于文本范围，而属于拍摄，所以，它们在这里没有地位。比如说，纯粹为了自然而让演员说的话——"你好！""再见！""你怎么样？"——除非这些"你好！""再见！"像在《面包店的女孩》中一样，属于故事形式而不是电影形式的组成部分。那些信息型的句子也同样，它们在纸上的表达方式是间接的，而在银幕上则是直接的。甚至那些确切地说是即兴的东西，如果离开了其电影背景，它们的美妙之处会显得很不协调。如《慕德家的一夜》中工程师们在饭桌上说的话以及《克莱尔的膝盖》中樊尚的悄悄话。

除了这些省略以外，人们还可以在这里或那里指出写出来的对话和演员们实际所说的对话之间的区别。这是因为我严格行使自己的权利，只改正了偶然所犯的错误、笔误和记错的地方。我希望人们尊重文本，这是原则上的要求而不是事实上的要求。千万不要因为文本而牺牲演技的真实性，如果已经紧紧戴上枷锁的演员们犯了一些小错误，但能自由呼吸，我会感到非常满意。

还有一个原因迫使我让《道德故事》一开始就具有文学的形态。这里的文学——这是我最大的遗憾——更多是属于内容而不是形式。我的意图并不是拍摄一些原生态的东西，而是某人根据它们写出来的故事。故事、对事实的选择及其组织和欣赏它们的方式属于主题本身，而不是我用来反映它们的方法。这些"故事"之所以被称为"道德故事"，原因之一是，它们可以说没有身体动作：一切都发生在叙述者的头脑里。故事由另一个人来讲述可能会有些不一样，或完全不一样。我的主人公们有点像唐·吉诃德，他们把自己当作是小说中的人物，但也许并没有小说。第一人称的解说，不是想揭示内在的思想，展现图像和对话无法表达出来的东西，而是毫不含糊地明确主人公的观点，甚至把这种观点当成作为作者和电影人的我所瞄准的目标。

事实上，我的初稿可以说是一个几乎没有对话的故事，有一段时间，我曾想在电影中从头到尾求助于连续不断的解说。慢慢地，本来想当作画外音的东西来到了人物的嘴中。在《克莱尔的膝盖》中，画外音甚至完全消失了：其作用由不同的叙事来承担了，对话很多。事件没有在其发生过程中伴以解说，而是事后由名义上的叙述者热罗姆向实际上的叙述者奥罗拉讲述出来的。在电影《慕德家的一夜》中，内心独白被压缩成两句话，但为了阅读方便，在这里又恢复了原样，跟电影剧本中一样。除了我们在电影中看到的人物，它并没有随意展现其他东西，而是加入了图像不再需要、但在页面上似乎还是需要的那种亲和力。

最后，请允许我扩大一点讨论的范围。我的六个人物在寻找故事中所产生的忧虑，暗示着作者的忧虑，他发现自己缺乏创造力。在这里使用的可以说是很机械的创作办法——某一主题的变奏——使这一点反倒变得更加明显。它也许也暗示着整个电影业的忧虑，在这些年当中，电影被认为是一个贪婪的吞噬者，吞噬着题材，盗窃着戏剧、小说和专栏文章的保留节目，而丝毫不予回报。在这些众多的战利品当中，我们可以发现，来自它本身的东西很少，无论在质量还是数量方面来说都是这样。稍一挖掘，就可发现并不存在原始的电影剧本：自称是原始剧本的东西多多少少是剽窃某些剧本或小说，十分明显地借鉴了其背景或题材。电影不像戏剧那样，有自己的文学，能给人以启发,可以有无数次不同的演出,让演出为它服务。电影没有任何与作品、与"剧本"相像的东西;在电影中,隶属关系刚好颠倒了过来:演出为王,文本为奴。电影剧本本身一钱不值,我的剧本也不例外。把它们写出来,不过是装模作样而已,或者说,是怀旧。它把自己当作是叙述修辞的典范,这种叙述古老得已经超过百年,自鸣得意,好像在文学方面,它更喜欢幻想而不喜欢实践。这种故事形式只有在银幕上才能圆满,那只是因为它更加丰富了,有了一个新的角度,即电影的角度,它与叙述者的角度没有任何关系。在这里,缺少一种前景,尽管某种写作的工作无疑可以提供这种前景——多彩或不多彩、形象鲜明或不鲜明的描写,抒情或不抒情的人物以及动作和背景。这种写作的工作,我不愿意做:更确切地说,我做不了。如果我能做且达到了目的,我会坚持这种完美的形式,而不会产生用电影拍我的这些"故事"的念头。因为,正如我一开始所说的那样,如果能当小说家,为什么还要当电影导演呢?

目 录

一　面包店的女孩　　　1
二　苏珊娜的故事　　　17
三　慕德家的一夜　　　49
四　女收藏家　　　113
五　克莱尔的膝盖　　　151
六　午后之爱　　　193

译后记　　　235

## 一 面包店的女孩

巴黎，维里埃十字路口。东边，是巴蒂尼奥尔大道，路的尽头是蒙马尔特的圣心大教堂高地。北面，是莱维街及其市场，"圆顶"咖啡店与维里埃大道形成了一个直角，而在对面的人行道上，是维里埃地铁口，开在一座钟楼的下面，种树的土台如今已被弄平了。

西边，是库塞尔大道，通往蒙索公园。路边是过去的城市俱乐部，如今已改为大学生之家，这地方原先是拿破仑三世的公馆，1960年拆掉了。我准备考法学院时，每天晚上都去那里吃饭，因为我就住在附近的罗马街。在蒙索街某画廊工作的西尔维在同一时刻穿过公园回家。

我还不认识她，只是面熟。我们有时在十字路口和学生公寓之间的那条三百米长的大街上相遇，匆匆地对视一眼，仅此而已。

我的同学施密特要我大胆些：

"可惜，她对我来说高了一点。不过你可以试试运气。"

"怎么试？我不会接近她！"

"为什么？谁说得准！……"

是的,她不是那种在马路上随便让人接近的女孩,而"这样"搭讪更不是我的风格。不过,我猜想,为了我,她会违反自己的原则,就像我已经违反了我的原则一样。可我绝对不想由于某种不成熟的举动而错失良机,相反,我极其小心,有时甚至避开她的目光,让施密特去盯着她。

"她看了?"

"是的。"

"看了很久?"

"挺久的。绝对比平时看得久。"

"听着,"我说,"我想跟着她,至少想知道她住在哪里。"

"大方地跟她搭讪,但不要跟着她。否则,你会受伤的。"

"搭讪!"

我发现自己对她是多么关注。现在是5月份,学期快结束了。毫无疑问,她住在这个街区。我们曾看见她手里提着篮子买东西:那是在"圆顶"露天咖啡座前,我们吃完饭正在喝咖啡。当时是7点45分,商店还没关门。

"她在马路的角落拐弯,"我说,"也许就住在那里。"

"等等,"施密特说,"我去看一眼。"不一会儿,他回来了:

"她进了一家商店。我不知道她是从哪个方向出去的,太冒险了。"

稍后,我们看见她又回来了。"有点不自然地直视面前,"施密特评说道,"想不引起我们的注意。"

"我不管,我要跟着她!"我说着站起身来。

我很莽撞,在莱维街跟着她,几乎就跟着她后面。但我马上就得后退了,因为她在露天货摊间走来走去,我随时都有可能暴露在她的视野之内。我回到原位坐下。当晚,我们没有看见她再走回来。不过，尽管我没有一直跟到她家门口，我不是往前走了一步吗？施密特说得对：这种小小的接触战不会没完没了地持续下去，我决定孤注一掷，也就是说，当机会最后来临的时候，干脆在马路正中向她迎去。

十字路口的钟敲响了晚上7点的钟声，我们去吃晚饭。我停下来买报纸，施密特没有等我，继续往前走，一直走到对面的人行道上，然后看着我低着头跑过去。我来到斑马线时，看见他使劲朝我摆手，我起初不明白，还以为他向我指着人行道，好像有什么危险。事实上，他指的是我背后右边的人行道。我扭过头，但西下的夕阳晃得我眼花，我后退一步想看得更清楚：结果，我可以说是迎面撞见了施密特所指的东西，不是别的，正是西尔维，她迈着轻快的步子走过来。我局促不安地道歉说：

"噢，对不起！"

"没事！"

"真的？"

"我们并没有碰到。"

"幸好……我不知道今天怎么了。刚才，我差点摔到那些东西上面。"我指着堆在人行道上的瓦砾。

她笑起来：

"我倒很想看看！"

"我是说'差点'。"

"您说什么？"

马路上的噪音在这个时候太大了，我们很难听见对方说些什么。我几乎是在喊：

"差点，没事……噢，这些汽车！我们什么都听不见！"

5

显然，不可能进行任何谈话。西尔维要走，我不敢留她。

"我从那里走。"她说。

"我也从那里走。"我说。

然后又很快加了一句：

"我得给您一个补偿。您愿意一个小时后跟我一起喝杯咖啡吗？"

因为我觉得她不会这么快就接受吃饭的邀请。

"我今晚有事，下次吧！我们经常遇到。再见，先生。"

"再见，小姐！"

我甚至没有看她走远，就自豪地跑着回来找施密特。

在我们谈话的那短短几分钟内，我心里只有一个念头：要不惜一切代价地留住她，随便说些什么，不管我会给她造成什么印象，这种印象肯定不会太好。但毫无疑问，我胜利了。应该说，我在慌乱中做出了一点努力，她好像并不反感，反而急忙抓住抛过去的球。她的拒绝一点都没有使我不高兴，因为她答应下次遇到时可以跟她说话，而我们很快就可以相遇。还有比这更好的吗？

然而，发生了一件我怎么也没想到的事情。我意想不到的好运后面跟着同样意想不到的厄运。三天过去了，一个星期过去了，我没有再遇到她。施密特为了更好地准备他的论文，回父母家里住去了。我虽已堕入情网，但一点也没想过要占用学习时间去寻找西尔维。我唯一的空闲时间就是吃晚饭的时候。于是我不吃晚饭了。

吃晚饭要花半个小时，来回三趟，遇到西尔维的机会就会增加十次。但我觉得在马路上不是最好的观察点。事实上，她完全可以走其他路，甚至——我不知道她从哪里来——可以坐地铁和公共汽车。而且，她不可能不再买东西。所以，我决定在莱维街扩大调查范围。

还有，应该老实地承认，傍晚的这个时候，天很热，在马路上监视，既乏味又累人。市场上的食物琳琅满目，新鲜诱人。胃折磨着我，它已厌倦了饭堂，预感到假期即将来临，它很明确地要求我好好地吃一顿，这在樱桃时节是完全应该的。复习了那么长时间的达洛兹[1]和"讲义"之后，马路上的饭菜香及其嘈杂声无疑是诱人的，堪与家里的喧闹声及做饭的味道相比。

不过，我的寻找没有任何结果。有几千人住在这个街区，它也许是巴黎人口最密集的街区之一。待在原地呢还是四周转转？我很年轻，心里产生了一个也许有点傻的念头，我希望看见西尔维突然出现在她家的窗前，或突然从一家商店里出来，像那天一样，差点与我撞个满怀。于是，我决定到处走走，溜达溜达。

我就是这样发现勒布特路角落里的那家小面包店的，我养成了习惯，每天去那里买糕点，它们成了我主要的食粮。面包店里有两个女人，女老板在那个钟点几乎总是在厨房里忙着，还有一个棕发女孩，挺漂亮的，目光活泼，嘴唇肉感，脸长得很可爱。如果我没记错的话，开始几天，我常常遇见街区的几个小混混在纠缠她，跟她说些蠢话。只要他们缠着她，她就慢慢地替我服务。我也就慢慢地挑选，但最后只买几个油酥饼。这里的油酥饼不比别的面包店的油酥饼好，也不比别的面包店的油酥饼坏。都是工厂里做的，到处都找得到。但是，一方面，

---

[1] 达洛兹（1795—1869），法国著名律师、政客。（除非特别注明，本书脚注均为译者注）

我刚好在这里结束游荡，这条路没什么人，所以我可以不慌不忙地吃东西，而不用担心会被西尔维看见，因为她随时有可能在市场的人群中突然出现；另一方面，买糕点最后成了我和那个面包店女孩的一种仪式。

说实话，仪式是由她开始的。为了激怒那些小混混，她常常在他们闹得最厉害的时候，强装笑脸，朝我眨眼，好像她和我之间有什么默契似的，而我却还她一副冷面孔。我只买一块油酥饼，一路走一路吃，吃完刚好来到市场。到了那里，我还想再吃一块，于是又原路返回。面包店女孩现在一个人了，她朝我笑笑，好像是个老熟人似的，但这只能让我更加冷漠。在我这个年龄，没有比买东西更让我讨厌的了。我小心地避免与售货员太亲近，我走进商店时，总喜欢让自己说话的语气和走路的动作都像初次来到这家店里的人一样。

"我要一块油酥饼。"我用毫无表情的声音说。

她很吃惊，好像是为了弄清有没有认错人，有点异样地扫了我一眼，让我感到无地自容。我不敢继续演戏，便装出同样天真的样子问她"多少钱"。

"四十法郎？"我问，尾音没有提得太高。

"是的。"她马上回答说。她已经猜到我的怪癖，决定开个玩笑。

一直见不到西尔维。她在躲避我？为什么呀，老天爷？她去了乡下，病了，死了，结婚了？任何可能性都有。一个星期过去了，我每天的寻找成了一种例行公事。我匆匆来到面包店，一天比一天注意进门的动作、走路的速度和买东西的方式。

面包店女孩表现出商业性的殷勤和无动于衷，但我看得很清楚,这只会让她更好地重新投入这场游戏。她破坏了规矩,不是因为她忘了,也不是因为她太急,而完全是想挑衅。如果我指了一下或看了一眼我看中的糕点,让她猜到了我的意图,我便假装改变主意,放弃刚才的选择。

"两块油酥饼?"

"不……哦!……是的,一块!……嗯,再来一块,是的,给我两块!"

她温顺地说了声"对不起",一点都没有不耐烦的样子,相反,似乎很高兴找到借口能让我在店里多留一会儿。时间已经不早,在这个时候,店里的客人不多。她眨着眼睛,翕动嘴唇,种种笨拙的动作表明她内心很激动,越来越不自然。我很快就发现,我并没有让这个漂亮的女孩不高兴,但我是个自命不凡的人,我觉得女孩喜欢我是很自然的事。另一方面,她并不是我这个层次的人——至少可以这样说——我心里只有西尔维……是的,正因为我想西尔维,我才接近了这个面包店女孩——因为这是事实——我没有爱上别的女人。

然而,我一手导演的这出喜剧慢慢地不像开始的时候那样拘谨了,它很有可能会变成一个滑稽可笑的闹剧。我肯定了她对我有好感之后,便感受她对我的任性所表现出来的温顺。我会在她正高兴的时候浇她一头冷水,用我的审慎,有时是用我的饕餮让她大吃一惊。我会一次要上十块油酥饼,不管自己能不能吃完。我有时能吃完,不过要花很长时间,我站在离市场几步远的地方,现在,我一点都不怕别人看见了。

我一天比一天投入,心想,这并不会把我带得太远。而且,这种做法不但能替我打发时间,还能报复西尔维的失踪。然而,我觉得这种报复很不光彩，我最后把气撒在了那个面包店女孩身上。让我感到惊奇的，不是她可能会喜欢我，而是她可能会认为她能以某种方式让我喜欢。为了亲眼证明这一点，我不断地重复说，这是她的错，她必须受到惩罚，与狼共舞。

于是，我开始进攻她。面包店里已没有顾客，几分钟后就要打烊了，女老板在检查烤肉，我站在那里吃我的糕点。突然，一个念头冒出来：送块点心给面包店女孩吃。她推托了一阵，最后选了一小块奶油水果馅饼，迅速吞下。我逗她说：

"我还以为整天对着糕点，最后看见糕点就会恶心呢！"

"你不知道，"她嘴里塞得满满的，说，"我一个月前才到这里。我不会久待的。9月份，我要到老佛爷商场上班。"

"你整天都在这里吗？"

"是的。"

"晚上做什么？"

她没有回答，往后挺着身子，靠在柜台上，垂下了眼睛。我紧追不舍：

"今晚愿意跟我出去吗？"

她往前走了两步，一直走到门边，灯光斜斜地照着她。她方领的衣服袒胸露背，突出了她脖颈和肩膀。她沉默了一会儿，然后微微地转过脸来：

"你知道吗，我才十八岁！"

我走向前去，用手指头触碰着她赤裸的背：

"这么说，你父母不让你出去？"

这时，女老板出来了，刚好可以让她逃避这个问题。她迅速回到了柜台边。

考试结束了,我要去度假。我想西尔维已经永远消失了,仅仅是由于习惯,我每天晚上还是继续进行我的巡视,也许还希望能得到面包店女孩的应允,答应和我约会,这将是对我的失望的一点点安慰。出发前两天的晚上,我在路上遇到了她,端着一筐面包。我拦住她:

"要我帮忙吗?"

"你觉得我需要帮忙吗?"

"我妨碍你了?你怕别人看见我们?"

"哦,不!不管怎么样,我一个月后就走了。"

她露出一丝微笑,想挑衅我。为了掩饰自己的尴尬,我提出来陪她走一段:

"陪你走一段不影响你吧?"

"这……"

很巧,就在这时,我看见旁边有个车辆能够出入的大门:

"哎,我们在那里停一停,我有话要对你说。"

她乖乖地跟着我,我们一直来到门内的院子里。她放下柳条筐,靠着墙,然后不解地向我投来严肃的目光。

"我伤害你了?"我说。

"没有,我对你说过,不是这个原因。"

我盯着她的脸,一只手按在她肩后的墙上:

"我们找个晚上一起出去。明天好吗?"

"最好还是不要。"

"为什么?"

"我不知道。我不认识你!"

"我们可以认识啊。我看起来像坏人吗?"

她笑了:

"不像！"

我抓住她的手，玩着她的手指：

"你不要有任何心理负担。我们去看电影，去香榭丽舍大街的电影院。你经常看电影吗？"

"是的，星期六。"

"那我们就星期六出去……"

"我和朋友们一起去。"

"男的？"

"有男的，也有女的。他们都很蠢！"

"那我们就更应该出去了。那就星期六？"

"不，不要星期六。"

"换一天？你父母不让你出门？"

"啊，不！我希望不会。"

"那太好了！那就明天！我们找一家小小的好饭店吃晚饭，然后去香榭丽舍大街。我8点钟在十字路口的'圆顶'咖啡馆等你，好吗？"

"我要换衣服吗？"

我把手伸进她裙子的吊带里，用手指抚摸着她的背。她没有反抗，但我感觉到她在颤抖。

"不用了……你这样挺好的。好吗？"

"我不知道我母亲是否……"

"可你刚才说……"

"是的，一般来说是这样，但是……"

"就说你跟一个女朋友出去。"

"我知道……好了，也许吧。"

她一甩肩膀，迫使我抽回手。她的声音哑了，我的声音也变得不太自信了。我试图跟她开玩笑：

"哎，你浪漫吗？"

"你说什么？"

我一字一句地说：

"浪——漫。我明天7点半左右过来。如果我们在面包店里说不了话，我们就这么办：我要一块糕点。如果你给我两块，就是同意。那我们就8点在咖啡店会合。明白了吗？"

"好的，明白了。"

"重复一遍。不要弄错了。"

"如果我给你两块糕点，那就是表示同意。"她十分严肃地说，脸上一点笑容都没有，很不自然，让我心里很不踏实，很不放心。我会上当吗？

第二天，星期五，我通过了口试，被录取了。我不想再去赴约，但原先打算一起出去庆祝成功的同学们还要参加别的考试。想起自己要孤独地度过一个晚上，我感到难以忍受。

当我来到勒布特路时，已经是7点45分了。我遵守约定，要一块糕点。我看见面包店女孩递给我一块，然后犹豫了一下又给了我一块，有点讽刺的意味，我敢肯定，她是在给自己辩白。我走出门去，一边吃糕点，一边沿着小路去十字路口。但才走了十多米，我就惊跳起来。是的，是西尔维，她正在对面的人行道上行走，然后穿过马路，向我迎面而来。她拄着拐杖，脚踝包着绷带。我连忙吞掉嘴里的东西，把剩下的糕点藏在手心。

"您好！"她笑盈盈地说。

"您好！您怎么了？受伤了？"

"哦，没什么！我的脚扭伤了，已经三个星期了。"

"怪不得这么长时间没有看到您。"

"我昨天看见您了,但您好像若有所思。"

"啊,是吗?瞧!……"

我一下子就做出了决定。既然有西尔维,其他的一切都不存在了。必须尽快离开这个该死的地方。

"您吃晚饭了吗?"我问。

"没呢……我甚至连下午的点心都没有吃。"

她毫不掩饰地盯着我手上的糕点。

"天热,让我感到很饿。"我轻描淡写地说。

"那是您的权利。"

她笑了起来,但让她挖苦一下又有什么关系呢!我心里只有一个念头:拉她离开这里。于是我又说:

"我们一起去吃饭好吗?"

"为什么不呢?但我得回一趟家。您能等我吗?我住在二楼,一分钟就回来。"

我看着她消失在角落的一栋大楼里,就在面包店对面。

那一分钟好像过得很慢很慢,能容我思考自己的鲁莽。也许我可以另找一天请西尔维,把今天晚上留给面包店女孩。但我的选择不管怎么说是道德的。西尔维找回来了,再去追面包店女孩就不只是道德败坏问题了:纯粹是没有理智。

乱上添乱,这时,天下起雨来。然而,这却救了我的驾。已经8点了,但面包店女孩总要等到骤雨停了以后才会出门。雨刚停,西尔维就出现了,打着雨伞。我建议拦辆出租车。

"下雨天,你找不到出租车的。"她说,"我完全可以走。"

"真的?"

"真的。"

我在她身边走着，不得不跟随着她的速度。路上空荡荡的，面包店女孩出来，肯定能看见我们。不管怎么样，我胆怯地想，还远远没到会出事情的地步。我不敢回头，觉得道路漫长，没个尽头。她看到了我们，还是在咖啡店等我等得心急呢？我永远都不会知道。

至于征服西尔维，那已经是生米煮成熟饭的事。当天晚上我就知道了原因。

"在我不得不在家养伤时，我有一些消遣，"她一副嘲讽的样子，盯着我说，"你也许不知道吧，我的窗朝着马路：我什么都看见了。"

我顿时浑身发抖，但她继续说：

"你很恶心，你差点让我遗憾终生。可我毕竟不能暗示你呀！我讨厌在我门前溜达的人。如果你用那些小糕点搞坏了胃，活该你倒霉！"

"它们味道不错！"

"我知道。我尝过。总之，你干的所有坏事我都知道！"

半年后，我们结婚了。起初，我们在勒布特路住了一段时间。我们有时一起去买面包，但那个女孩已经不在那里了。

## 二 苏珊娜的故事

我们是在圣米歇尔大街的"勒吕科"咖啡店认识苏珊娜的。我就住在那上面,天文馆旅馆。我十八岁,在药学院读一年级。

纪尧姆比我大两岁,在政治学院上学。我们很要好,不过,我们的性格大相径庭。我几乎在任何事情上都不同意他的观点,但我羡慕他的洒脱。每见到一个女孩,他都会立即上去碰碰自己的运气。一切都可以成为他的借口:突然想起来的一句话、借来的一张椅子、某本书的书名。

苏珊娜在邻桌复习她的意大利语,当她戴上眼镜时,纪尧姆随便抓起一本旧书,用很重的法语口音夸张地读着:

"I promessi sposi!"[1]

这一进攻似乎并没有使苏珊娜感到措手不及,她大笑起来。

"你好像精通意大利语!"

"你是索邦大学的?"他收起自己顽皮的样子,问。

"多少是吧。我晚上在索邦路的翻译学校听课。白天,我在

---

[1] 意大利语,意为"约婚夫妇"。指18世纪意大利作家亚历山德罗·曼佐尼的长篇历史小说《约婚夫妇》。该小说为意大利古典文学的瑰宝,如同但丁的《神曲》一样,家喻户晓,妇孺皆知。

国家结核病防治中心工作,就在那里,在对面。"

"你喜欢那工作吗?"

"人不能总是做自己喜欢做的事啊!……"

马蒂娜经过这里,她也是政治学院的,过来向我们问好。纪尧姆把她介绍给苏珊娜,苏珊娜嘀咕了一下自己的名字。

"我没有听清楚,"他说着重新坐下来,"你叫安娜?"

"不,苏珊娜,唉!"

"为什么唉?你嫌不小资?"

"不是,但我不喜欢自己的名字。"

"不管怎么说,这比苏棕好听!"

"笨蛋!"

"我叫纪尧姆·佩什-特鲁蒙。"

"我叫苏珊娜·奥克托。"

"有 H 吗?"

"有,最后是 T—O—T。"

"你是诺曼底人?"

"是的。你呢?"

"我不是。但我喜欢研究人名。你知道什么是人名研究吗?"

"是研究名字的学科?"

"是研究人名的学科。你随便给我一个名字,我就能说出它的来源,说出它是哪里的名字。"

这是他最喜欢的玩意儿之一,没占星术或看手相那么俗。

我一只耳朵听他说话,另一只耳朵在准备下星期六要进行的考试。

"纪尧姆,"让-路易喊,"你去费费家吗?"

"不去,"他头都没扭,"我没空。不过,星期六下午 3 点,我在家里请客，也请了你。"

接着，他转过身来问苏珊娜：

"你来吗？"

"为什么不呢？在哪里？"

"在王后镇。我开车去接你。你喜欢西班牙什锦饭吗？"

"我不知道是否吃过那东西。"

"我能做得很好，这是我会做的唯一的东西……你住在父母家里？"

"不，寄住在别人家里，在克里希门，但大部分时间都不在那里。我晚上10点才下课，早上7点起床。"

"星期天呢？"

"学习意大利语，但我喜欢在咖啡馆里学习，更舒服一点……"

纪尧姆很少拖泥带水的。但苏珊娜坚决抵制，直到约好的那个晚上。快7点的时候，我看见他们俩来了，当时我刚做完功课。

"快点，"纪尧姆说，"我的车停在禁止停车的地方。"

"可我不知道能不能去，我的实践课落后了。"

"我喜欢遵守诺言的人。"

"我可什么都没答应。"

"你答应了。"他转身对苏珊娜说，"你是证人。"

"是的，是的。"她说。

"去吧，我午夜送你回家。"

"你总是这样说！"

"我也得送苏珊娜回家呀。"他一本正经的样子。

"好了，好了，去吧！"我走到壁橱跟前去拿衣服，对事情的结果并不抱幻想。苏珊娜坐在床上，拉了拉纪尧姆。我系领带的时候，他们紧紧地拥抱着。

"还有谁去?"当我觉得他们应该已经冲动完了的时候，我这样问道。

"有让-路易、卡特琳娜、弗朗索瓦、菲利普……还有你的女朋友。"

"谁?"

"索菲。"

"你疯了！我甚至都不认识她。"

我一共才见过她两次，是纪尧姆的一个朋友弗兰克带来的。

"是的，但你爱上了她。"

"哦，她是个不错的女孩！"

"如果贝特朗说她不错，那她就真的非常不错。哎，苏珊娜，你认识她的，那天在酒吧里见过她，就是那个爱尔兰人。"

"啊，是的，"她说，"那女孩真让人喜欢。贝特朗，你真有品位。"

一年中的大部分时间，纪尧姆都独占着王后镇的别墅，他母亲总是在旅行。苏珊娜很认真地扮演着女主人的角色。但索菲一到，纪尧姆就缠住了她，好像已经下定决心要正式追求她，加上那天晚上弗兰克那个不倦的骑士缺乏热情，事情就更好办了。

我理智地待在角落里，但感觉到苏珊娜快要哭了。我想她随时都有可能拿起外套，夺门而出，直奔车站，因为我不相信她一点自尊心都没有。索菲让我很害怕，纪尧姆一个劲缠着她，这可以说帮了我的大忙。我只希望他腻烦了以后平静下来，但他很谨慎。

11点钟的时候，他把我拉到厨房里。

"索菲搞定了？"他拍了一下我的肩膀，说。

"应该由我来问你！"

"别问了，会让那个人生气的。她没有很生气吧？"

"苏珊娜？有点。没关系！"

"那就行。没有比这些人们以为很容易得手的女人更糟的了。需要很长的时间，拖呀，拖呀……好了，我觉得现在行了。你不相信？"

"也许吧！"我的信心不是太足。

"别发牢骚了！我对索菲不感兴趣，她太爱虚荣了。不过，你运气好。我觉得她和弗兰克已经完了。"

"啊！你愿意怎么说就怎么说吧，我对她没有任何权利。"

"我向你保证，你很吃香。当一个家伙对某个女孩感兴趣的时候，看得出来的……我刚才想说什么来着？啊，是的！你必须帮我一个忙。当大家要走的时候，你就说你和我一起回去。我不能冠冕堂皇地把她一个人留下来。她是个外省小女人，喜欢装模作样。"

快到午夜时，大家纷纷告辞。他们要捎我走，索菲正是坐那辆车，我拒绝了，所以也就失去了接近她的机会。可我真的在寻找那个机会吗？尽管纪尧姆那样说，我还是觉得她喜欢弗兰克，弗兰克是个高大的小伙子，非常英俊。我不敢期望在自己的伙伴失败的地方取得胜利。

于是就剩下了我们三个人。重新回到了纪尧姆的怀抱，苏珊娜非常高兴，完全没了时间概念。纪尧姆倒在客厅的沙发上，朝着天花板吐烟圈,她蜷缩着,温柔地靠着他的肩膀。我坐在他们对面,哈欠连天。出于无聊,我拍打着摆在椅子前面的一张矮小的桌子。

"你知道,"纪尧姆说,"贝特朗能让桌子转起来。"

"真的?"苏珊娜来了兴趣,说。

"是的,这是我罕见的社交才能之一。没有比这更容易的了,尤其是这张小桌子。你们俩都过来,手平放,互相触碰手指。没什么神奇的,无非是我们的神经流而已。"

他们站起来,来到我面前坐下,按我说的把手平放在桌上。

"让我们好好集中精神,放松,放松!"

开始的时候,苏珊娜忍不住想笑,后来,受到气氛的感染,她也平静下来。一片寂静,持续了好几分钟,然后听到了几声"咔嚓"声。桌子斜了,往右边倒去,然后又滑向左边。苏珊娜有些怀疑,想止住桌子的动弹,但没有止住。

"贝特朗,你在推!"

"没有啊,我没推:是意念在起作用!"

她耸耸肩。

"其实,"我接着说,"这是受我们的无意识的驱使。这意念就是我们三重无意识的结果。"

"解释得太有学问了!"

"别瞎评论,"纪尧姆说,"让我们再次集中精神。"

"我们来召唤意念,"当我感觉到木桌又发出声响时,我说,"意念,你在吗?"

桌子竖了起来,然后突然倒地。

"一下,是的……意念,你是谁?"

我解释说,这些字母是由它们在排序中的位置所决定的:

一下指的是 A，两下指的是 B，以下类推。第一个答案是四，D，我已经预感到结果。其实，那个字就在音符中，或者更准确地说，在留声机旁边放着的唱片套上。它满足了纪尧姆的虚荣心，也启发了我玩小聪明。

"D—O—N—J，"[1] 他高兴地说，"肯定就是唐璜。唐璜说什么？"

现在轮到他发挥了，当然我也不是很清白，至少没有苏珊娜清白，她说的每一句话都清楚地表明了她内心的秘密。

"A—U—L—I，这不是上床吗！"[2] 他大叫起来，"贝特朗，你太粗俗了！"

我徒劳地提出抗议，他却大笑起来，而心里非常高兴的苏珊娜却想装出一副震惊的样子。

"那就让我们去睡觉吧，"纪尧姆最后说，"我感到很累，甚至都没有勇气送你们回家了。不过房子很大，你们可以留下。我和贝特朗睡在这里，你呢，苏珊娜，你去我妈的房间里。你知道在哪里吗？"

"知道，知道。"她说，好像有点失望。

他一直把她送到门口，在她双颊各吻了一下。

"晚安。你不恨我吧？"

"为什么要恨你呢？晚安，贝特朗！"她说着在走廊里走远了。

"哦，这些女人！"纪尧姆说着点燃了一支烟。

他抽了几口，然后想结束这一闹剧。

"我得去安慰安慰她。"

---

[1] 唐璜（Don Juan）的前几个字母。
[2] Au lit 是法语"上床"的意思。

他离开了房间。我睡了,心想他绝对不会再回来。

第二天,天一亮我就起来了。我在王后镇已经过了整整一个星期天,尽管如此,纪尧姆肯定还会让我留下来,有我作为观众观赏他的表演,他很高兴。但我觉得自己的这个角色扮演得太久了。我悄悄地走了出去,来到了车站。

这不是因为苏珊娜的所作所为,她的行为对我来说一点都不重要——那是她的事,只跟她自己有关——而是我看得很清楚,纪尧姆总是把我与他干的坏事扯在一起,他觉得这样很开心,因为他喜欢让他做的任何事情,哪怕是最无聊的事情,都带有一种荒淫无耻的味道。

一星期后,我在圣米歇尔大街遇到了他。

"你怎么样了?"我说,"再也见不到你了?"

"我有麻烦了。"

"是苏珊娜?"

"她一整天给我打电话。我总是遇到黏糊糊的女孩。你呢?你最近见过她吗?"

"见过一两次。我们没说什么话。"

"她提到我了?"

"没有。我们在路上碰到而已。她去打电话。"

"嗨嗨!"

但第二个星期六,我接到了他的电话。他对我说,由于软弱,他又跟苏珊娜好了:由于他真的很烦她,所以想让我去陪他。

我违心地同意了,我们一起去右岸的一家俱乐部跳舞。苏珊娜打扮得很艳丽,把我当作知己,让我跟她一起分享久违的快乐,我很不愿意充当这个角色。她的动作、她的笑、她的做事方式都使我很不愉快,但我却没什么特别的东西要抱怨她。我讨厌她，就像讨厌纪尧姆会去追的所有的女孩一样。他总是去追最容易得手的，据我所知，他从来没有接近过一个我觉得勉强配得上他的女孩。因为在那个时期，我对他诱惑女孩的本领十分看好。

他把我送回公寓，然后他们俩一起开车往王后镇飞驰而去。下午2点，他又打电话给我。

"到我家里来喝茶吧。劳驾了。7点钟我会送你回去。你不会告诉我说你打算整个星期天都关在房间里吧？"

到了那里，我看见苏珊娜容光焕发，纪尧姆乖乖地懒坐在长沙发上，穿着毛领睡袍。但事情马上就变糟了，苏珊娜俯身越过他的身体，想从书架上拿一本旧书，纪尧姆在她屁股上重重地拍了一下。她给了他一个耳光，被他灵巧地躲过了。他抓住她的胳膊，被她一把甩开。她走向壁炉，而他却卧躺在座垫上，一动不动，朝我大声地笑着。然后，他扫了正在角落里生气的苏珊娜一眼。

"苏珊娜！……"

他叫了她好多次，但她没有回答，倔强地低着头。

"苏珊娜！……别生气了。我是开玩笑的。"

"我不喜欢这种低级的玩笑。"

"如果我趣味高尚，我就不会喜欢你了。"

"你是否喜欢我，这才是最重要的。"

"我正怀疑着呢！"

"如果你不喜欢我，有人会喜欢我。你知道，人数还不少。"

"是的，你有许多长着青春痘的小男孩。"

"才不呢！他们和你一样好，甚至比你还好。"

纪尧姆冷笑着，会意地看了我一眼。

"这女孩不笨！她懂得怎么回答我！"

我一点都不想介入他们的争吵，便站起身来，朝门口走去。

"等等，"纪尧姆朝我喊道，"我想问你一个问题。你呢，苏珊娜，到我身边来。来呀，怎么了？"

两人很不情愿地互相道了歉。

"你知道，"他说，"贝特朗是我最好的朋友。你看他脸红了。苏珊娜，你是不是爱上他了？"

"爱上贝特朗？没有。"

"哦，这可不好。"

"白痴！"

"让我们做个假设：假如他在追你。"

"他没有追我。"

"是没有追。但我们假设他追你了，他在纠缠你，求你。"

"那不是他的风格。"

"你怎么知道的？他完全有可能追求你。你会接受吗？"

"不会，我想不会。贝特朗是个很好的小伙子，但我有自己的主张。"

"那么你呢，贝特朗，如果苏珊娜……"

"我也有自己的主张。"我说着不客气地扫了苏珊娜一眼。

"你们俩都那么冒充高雅，真是疯了！贝特朗还有理由，可你是我遇到过的最自以为是的女孩。贝特朗，你不觉得她在冒充高雅吗？"

"啊，不！一点都不觉得，恰恰相反。"

"当然，她很笨，但这并不妨碍她冒充高雅。"

苏珊娜越来越愤怒，想站起来，但被他按住了。

"放开我！"

"坐着!"

"你还要说什么蠢话?"

"我怎么想就怎么说。贝特朗,你回答我:你不觉得她有点自我炫耀吗?"

"不,一点都不。"

"你对我说过这话。至少你是这样想的。"

"你疯了!"

苏珊娜挣扎着,他越来越难按住她。

"你是这样想的。"他又说。

"不是!"

"为什么?"

"这是明摆着的事。"

"明显不等于必然,"他像个法官一样喊道,"辩论结束,判决生效!"

苏珊娜最后成功地跪到了沙发上,他使劲拽她,她往前倒在了他的身上,他还想再拍一下她的屁股,她挣扎着,喊道:

"救命!贝特朗!贝特朗!"

但还没容我插手,她就自己挣脱出来了,夺门而走。

"你真坏!"我说,"你让我陷入了……"

"太好了,半个月来,我一直想摆脱她。当然,她挺漂亮的,但她和我母亲同名,这让我很生气。"

苏珊娜又回来了,她穿上大衣,然后要从壁炉上拿袋子。

"要我送你吗?"我穿上外套。

"谢谢,你真好。"

"你就不能说声'再见'吗?"纪尧姆说。

她停下脚步,半转过身来:

"我要对你说永别。"

他"噗"了一声,然后低声唱道:

"永别了,女孩,永别了,你的微笑在我们眼中闪耀!"

她耸耸肩,纪尧姆站起来,走到她身边。

"哎,听着,这不过是一个幽默的动作嘛!能原谅我吗?能饶恕我吗?嗯?回答我。"

苏珊娜脸上的表情放松了,忍不住露出了微笑。可以感觉到她妥协了。我感到很厌烦,便去了隔壁的房间。

我在那里等了她几分钟,这几分钟足以使我把在这整个闹剧中对纪尧姆憋了一肚子的气转撒到她身上。说到底,我太傻了,要去管这女孩的事。她是活该:纪尧姆太善良了。她缺乏尊严,证明我一直蔑视她的行为方式和她的相貌是对的。

我下了决心,要不惜代价地避开她,我成功了几天。但她在窥视我。她坐在咖啡馆的露天座上,监视着我的公寓的大门。当我回家时,她便跟我打招呼。

"我请你喝咖啡。你没有急事吧?"

我一直无法摆脱,况且她擅长使用诡计。

"有人向我打听你。"

"谁?"

"索菲。"

"啊!"

"我们那天一起吃饭来着。她真是一个好女孩。"

"是吗?我跟她不熟……"

没话可说了，苏珊娜又发起了进攻。

"你去 Boom HEC[1] 吗？"

"不去。我要做功课。"

"那么夸张？就一次！"

"再说，我没钱。"

"啊，如果是这样的话，我请你。"

"千万别。"

"没关系。我刚刚取了这个月的钱。"

"不，不。"

"来嘛！算是帮我的忙……再说，索菲也会去。"

"这不是理由。"

"是理由。我借你钱，你以后再还我。好吗？"

我最后让步了。苏珊娜没有对我撒谎。索菲来的时候没有带骑士，在我看来，她表现得非常得体。我这是第一次单独跟她说话。她跟我谈起了纪尧姆，我只知道说"是是是"，谈话进行不下去了。

"你跟他很熟吗？"

"他是我最好的朋友。"

"太有意思了！你们俩完全不同。"

"不至于吧！其实，我们有很多共同点，很多观点相同。"

"我感到很奇怪……"

我太胆怯了，不知所措，期望中的火花没有擦出。而苏珊娜则跟一些男孩玩得很疯，那些男孩长得一个比一个丑。我感到无法再留住索菲了，她高兴地接受了别人的邀请，我非常伤心。

---

[1] 巴黎高等商业学校组织的年度舞会。——原注

最后,她消失在人群中。凌晨4点,我在苏珊娜的陪伴下回去。她跟我讲了她的不幸,她的不幸和我的不幸没有太大的区别。

"请相信,我对纪尧姆不在乎。我们俩之间完了。他是个聪明的小伙子,但在某些方面非常愚蠢。与其说他坏,不如说他蠢。我脾气好,算他走运!但总有一天,他会遇到对手……"

第二天,纪尧姆放学后在等我。

"喂,坏蛋,你侵犯了我的私有权!"

"什么权?"

"别不敢承认:有人在Boom看见你们了。"

"啊!是吗?"

"小心,老兄。她可比你以为的要狡猾得多。"

"我懂得自卫。"

"她成功地让人邀请了她。"

"不,是她买的单。"

"真的?她出的钱?天哪!天方夜谭啊!让我大开眼界!我们去让她倾家荡产……"

苏珊娜下班以后仍像往常那样坐在咖啡座上。纪尧姆十分宽厚地向她走去。

"瞧,苏珊娜!好久没有见到你了。你怎么样?"

"是的。我非常非常好。"她冷冷地说。

但当她看见我时,她的脸色马上就缓和下来。

"你好,贝特朗!"

"再次见到你非常高兴。"纪尧姆接着说,他不等邀请,就在她对面坐了下来。

"我能坐下吗?"

"我五分钟以后就走。"苏珊娜说。

我也坐了下来。大家都没有说话。苏珊娜盯着咖啡杯,而纪尧姆则用一副讽刺的神情端详着她。最后,她终于对他抬起了头,笑了起来。

"苏珊娜!有人告诉我说你在勾引男人!这可不好。而且,还是和我最好的朋友……"

她又投降了。买单时,纪尧姆假装在口袋摸着:

"糟糕,我今晚没钱了。贝特朗,你能替我买单吗?"

我掏出钱包,但苏珊娜已经打开了她的包。

"不用了,让我来吧!我请你们。"

"不。"

"没关系。"

"你是讨厌我怎么的!"我说着把一张纸币放在桌上。

苏珊娜拿起来,递回给我。

"如果我想请你们,那就是我的事,我是自由的。"

"是的,你是自由的,如果你愿意这样做的话!"

我把钱放回钱包。

接下去的两三个星期,我们心安理得地靠苏珊娜生活,让她请我们喝咖啡、吃饭和看电影。为了符合"礼仪",她甚至从桌下塞钱给我们,我越来越觉得这样没劲。最后,纪尧姆终于决定去母亲家里待上几天,但苏珊娜仍想方设法地跟着我。

当公寓的电话占线时,我便用咖啡馆里的电话。一天,我看见苏珊娜坐在里面,靠着玻璃窗,我假装没有看见她。但她站了起来,到地下室来找我。

"你就这样对我不屑一顾!我在上面,使劲跟你打招呼!"

"啊，我没看见你！"

"你有几分钟时间吗？我有话要对你说。"

事实上，她是想请我跟她一起出去玩。我找借口说没空，但她不相信：

"如果是钱的问题，你别担心。"

"正是钱的问题。我已经……"

"你有钱才怪呢！"

"也许。邀请别人吧！"

"你要知道，如果我想让别人邀请我，那可一点都不难！我总是拒绝。我喜欢你，这会让你难堪吗？"

最后，我终于同意去"保尔大师"饭店吃晚饭，那是纪尧姆喜欢的饭店。但到了晚上，正当我要出去的时候，纪尧姆突然出现，他从芒通回来了。他母亲再婚了，住在芒通，但他留住了这里的住所。

"你今晚有什么节目？"他问，"出去吗？"

"出去。"

"我们可以一起吃饭。我请你，我有钱了。"

"不了，谢谢。我没空。"

"是因为苏珊娜？"

"不是。"

"你不妨告诉我。是她吗？"

"是的。"

"你们恋爱了？"

"不可能的。"

"去刮刮脸！带我去。"

"不行。"

"我有办法了。你们去哪里?去'保尔大师'饭店?"

"你真的很讨厌。"我沮丧地说。

"我装作偶然遇到了你。如果她生气,你就邀请我,我之后会还你的。你一定要帮我这个忙。我今晚想高兴高兴。不管怎么样,如果她邀请你去'保尔大师',那是因为她希望在那里碰到我。"

一切都像预先安排好的那样发生了。当我们在吃头盘的时候,纪尧姆出现了,非常机灵地让自己得到了邀请。

"你们要承认,这里可不是幽会的好地方。"他说着朝我们的桌子走来。

"我们并没有在躲什么人。你吃饭了吗?"

"没有,不过……"

"坐下吧,我请你……"

"不了,谢谢……而且,苏珊娜不愿意。"

她耸耸肩。

"你真蠢!"

"说实话!"

"我说的就是实话。怎么了!"

吃餐后甜品时,纪尧姆去打电话。苏珊娜又递给我一千法郎。但这次,我断然拒绝了。

"啊,不!听着……我来请他。"

"可你没钱!"

"不,比你还更有钱些……不,不,把钱放回口袋里去。"

"好吧,既然这样,我请你们俩去俱乐部吧!"

"你会破产的。"

"那是我的事!"

"我们还是去上次去过的那家夜总会。"

半夜2点左右,我在长椅子上打盹,纪尧姆用胳膊肘推了推我:

"快,咱们溜!"

"苏珊娜呢?"

"她去洗手间了。千万别讲什么道德。"

我想,完全跟她闹翻也好,于是便跟着纪尧姆走了。

不过,我预料到这种不辞而别并不会起到什么作用。第二天中午的时候,躲不开的苏珊娜向我奔跑过来。

"纪尧姆怎么样了?他酒醒了?"

"他不敢一个人独自开车回家,睡在我家的椅子上。"

"不管怎么样,快乐结束了。现在才到12日,我这个月没钱了。"

"吃饭的钱还是有的吧?"

"没了。不过,我对付着吧。"

"我可以给你几张餐票。"

"不了,谢谢。我在一个朋友家里吃,那个女孩跟我一起上班……你知道吗?你们走得好,我认识了一个很不错的年轻人,一个爱尔兰人。真的,那是个非常好的人。我们今晚还要见面。"

"好啊!祝贺你。再见。"

"你可以告诉纪尧姆!"她大声地对我说,此时我已经走到人行道上了。

复活节到了,我去圣布里厄和家人一起度假。我刚回来,拿出行李箱里的东西,把父母给我买衣服的四万法郎塞到一本没有裁开的旧书中,纪尧姆就来敲门了。我匆匆地把书放回原处,也就是说放到壁炉上。

"你好。我来看看你是否在家。"

"我刚刚回来。"

"假期愉快吗?"

"我整天睡觉。你呢?"

"见鬼!芒通有美女才怪……后来,就在我要离开之前,我认识了一个很不错的女孩。她是巴黎人,后天回来。"

"是吗?"

"糟糕的是,我没钱约她出来。我车上的传动杆在路上坏了。你不能借我一两万法郎吗?"

"啊,我没那么多钱!"

"我星期一就会收到一张汇款单。你有钱——你刚度假回来!"

"没有。我父母一个星期一个星期给我寄。"

"你不会对我说你连一万法郎都没有吧?"

"没有。我刚付了房租。"

走廊里有人按铃叫喊。是喊我的,我下楼到传达室去接电话。

"喂?"

"你好!我是苏珊娜。假期过得好吗?……我们什么时候见面?……星期四,8日晚上,你来达尼埃尔家里参加家庭舞会吗?"

"嗯……"

"索菲也来。来吧!"

"你知道,我第二天有个考试……好吧!我来。"

"你会看到我想你了。"

"谢谢你。你怎么样?你的那个英国人呢?"

"哦!他走了。而且,他并没有那么有趣!……"

当我回到楼上时,纪尧姆正在翻我的旧书。

"是苏珊娜的电话。我敢打赌。"

"不是。"我说。

"你后来见过她吗?"

"度假之前我遇到过她一两次。"

"她和那个英国人在一起?"

"你知道了?"

"何止是知道。调调情罢了:那家伙溜了!别骗我了,承认吧:是她打电话给你!"

"不是,我已经对你说了。"

"你撒谎。"

"你真讨厌。"

"打电话来的是个女的!这从你脸上的表情看得出来。"

"如果你想知道的话,我就告诉你吧:是索菲。你高兴了?"

"是吗?"纪尧姆有点惊讶,"既然是这样,老兄,那就进攻吧:女孩都喜欢别人强迫!"

晚会上,当我们跳舞时,索菲不断地说着自己喜欢的事情,用各种难听的话骂纪尧姆。

"这有可能,"我对她做出让步,"但他身上有的东西是别人身上所没有的。他做得出来。"

"我倒觉得有的东西每个人身上都有,就他没有。我讨厌这种靠有钱的父母生活的人。他们就像小混混。真的,他这样是不行的!"

"他会改变的!"

"我就是这样批评他的:纯粹是冒充高雅。我不喜欢冒充高雅的人。"

"首先,他并不是冒充高雅的人,我在想你到底不喜欢他什么。你不了解他。"

"我已经听够了别人说他。"

"啊,是苏珊娜说的!"

"是的,是苏珊娜,一点都没错。"

"她已经够大了,应该能自己保护自己了,可她只知道追他!"

"你说话真像个大孩子。"

我越来越不知道该怎么跟她打交道了。总之,按照纪尧姆的建议,切忌粗暴。苏珊娜很抢手,她借口说自己累了,和所有的舞伴都说好了:她的鞋子弄得她脚疼。离开的时候,她把我拉到厨房里。

"你能不能借我一千法郎坐出租车?"

"当然可以。"

我拿出钱包,发现里面是空的。

"糟糕,我忘了带钱。问问索菲有没有钱。"

"不,别问她。千万别问她。"

"那就问马尚?"(他是屋子的主人。)

"不好开口。我已经欠他钱。"

"你是不是去狂欢了?"

"你不知道吗?我丢了那份工作。"她说着,脸上勉强挤出一丝微笑。

"那你靠什么生活?"

她做了一个含糊的动作。

"谁都没有车。"看到她黏上我,我有点恼火。

"有,让-路易有车(那人曾是她的一个情人,她见到他很

39

不自然)。但最好还是不要……总之……"

她继续盯着我,目光中充满了哀求,好像我是她唯一的救星。

"我在宿舍里有钱,"我说,"如果你的脚不太疼,那就跟我走吧!"

"哦,我完全可以走个三百米!"于是她一瘸一瘸地跟着我。

"这么着吧,"当我们来到公寓门口时,她说,"麻烦你了,我不愿爬两次七楼。我的脚真的很痛。我都不知道是不是能走到出租汽车站……如果不影响你,我可以上楼去你那里。我坐在椅子上看看书。"

"行啊。"我说。与其说我是被她的理由说服的,不如说她的这个不得体的建议让我不知道怎么办。我只简单地补充了一句:

"前提是你进门时不要弄出响声。"

"你很注意你的名声!"

"当然啦!"

苏珊娜一进我的房间,就一屁股坐在扶手椅上。她脱掉袜子,盘起双腿,就在她坐下去的时候,她的裙角挂在了一枚伸出来的钉子上。

"他妈的!"

"怎么了?"

"我又把裙子给撕破了。你有针吗?"

"我不但有针,还有线。"我说着去拉抽屉。

"太好了!……糟糕的是,这是我唯一还能穿得出去的裙子。"

"你以前穿去跳舞的裙子呢?"

"是别人借我的。不管怎么样,我不能天天穿着它。"

我递给她一卷黑色的线和一枚针,她穿起针来。

"你没有顶针吧?"

我单腿跪下,把针从她手里接过来。

"用不着。你看,我不是推,而是拉。"

我紧挨着她,双手放在她的膝盖上,脸贴着她的脸。这么晚了,一个女孩出现在我的房间里,不管她有多"糟糕",我还是不禁心荡神移。这段时间苏珊娜对我的关注、她执意要上楼来的态度、裙子事件(也许是有意造成的),凡此种种,都使我总能如愿以偿,如果我想得到她的话。她究竟想干什么?今晚,她的态度中有某种经过深思熟虑的东西。或者,那不过是因为她局促不安?

但是,没等我提出这个问题,她就把针拿了回去,推了我一把,保护起自己来。

"啊,这些男孩!好,行了,我明白了。"

"那你就自己对付吧!"我说着站起身来。

我很恼火,并且想让她感觉到这一点。我去拿睡衣。

"我也许是个粗人,"我说着,走到椅子背后,开始脱衣服,"但我在自己床上才睡得着。我明天要考试。"

"求你了,"苏珊娜又恢复了亲切的口吻,"别为我担心。我很好。"

她伸直双腿,互相揉搓着双脚,然后接着说:

"我太累了,我觉得自己在什么地方都睡得着。我真恨自己。我上了那个售货员的当:我根本穿不进这双鞋子,又没有别的鞋子。"

"那就退回去!"

"不行,我已经穿了两天。今天早上我已经用完了最后一张千元大钞。"

"真的那么可怜吗?"

"是啊!"

"我本来完全可以借你,可我要去看牙医。你能不能等到下周?"

"不用了,贝特朗,谢谢你。让我自己对付吧!"

"你知道,我真的很不安。我让你花了钱。"

"那是我愿意的。我们度过了一些美好的夜晚,你不觉得吗?这是最重要的。钱可以挣回来。只要去找……你知道,我想找的,是半日制的工作。而且,我想我很快就要去意大利。这些小法国人全都让我感到窒息。"

我回答说:

"据说那里的男人很英俊。"

她耸耸肩:

"你不相信我,但我在这里找不到一个我喜欢的男孩。一个都没有。"

"你太难相处了!"

"你呢,你不难相处吗?纪尧姆嘛,和你想的完全相反,我从来没有把他的话当真过。即使我承认我曾经有点爱他……我可以告诉你,只有你我还能忍受。你是最坏的坏蛋,但我们俩合得来。其他人,他们心里就想着和你睡觉,然后说声再见。"

"我起码能找到十个会为你发疯的人!"

"谁?"

"我不知道:让-路易、弗朗索瓦……"

她噘起了嘴:

"噗!你就向我推荐那些人!不,你看得出来,我只喜欢你。和你在一起我们很平静。你知道，很难找到像你这样不纠缠女孩的男人！"

我正在洗手，没有及时回答，后来才脱口说了这么一句：

"这要看是什么女人了！"

"谢谢。"

"请原谅，这很正常。"

"啊，啊，你有时也会说蠢话。这真是疯了！"

"怎么了？"

"没什么。不，真的，相信我。我希望你能很幸福。"

"我要睡了。"我说着钻进被窝，然后讽刺道：

"我从来没有怀疑过！"

"你的爱情怎么样，顺利吗？"

"马马虎虎。"

"听着，现在，轮到你努力了。你知道，女孩都喜欢别人强迫她。"

"又是纪尧姆的一个理论。"

"要承认他懂得这个道理。"

"不一定，至少不永远如此。"

"碰到像索菲那样的女孩，不该犹豫不决。她老是抵挡别人，但那是表象。不得不这样——所有的男孩都围着她转。"

"我知道该怎么做。"我还是一副高傲的神情。

"那么，你喜欢我吗？"

"还行吧。你知道，我没你以为的那么好。"

"我知道，我了解你，甚至很了解你。"

"那好，既然如此，就没必要互相讲述自己的生活了。晚安！"

我给闹钟上紧了发条，然后躺下来，面对着墙。这时，她点着了一根烟。

早上8点，闹钟响了。我过去推醒苏珊娜，她在椅子上睡着了，一点声音都没听到。她几乎一动不动。我洗漱完毕，回到她身边，更用力地推她。

"苏珊娜，快！……"

她站起来，叹了一口气，走了几步，倒在床上。我听到走廊里传来了女佣的声音和吸尘器的声音，便把门开了一点点：

"你好，夫人！"

"你好，先生！现在可以打扫您的房间吗？"

"不，11点再打扫吧。再见，夫人！"

我回到仍然躺在床上的苏珊娜旁边，碰了一下她的肩膀。

"苏珊娜，听我说好吗？"

"嗯……嗯……"

"你等我到11点钟！"

我出去了，犹豫了一会儿，把钥匙留在了门上，想让女佣知道我还在里面，不会拿着万能钥匙开门进去。

但我的小心完全是徒劳的：她就在隔壁房间，门开着，她看见了我。

"你出去了？"

"不，我很快就回来。您11点再来。"

"好，我先打扫下面的楼层。"

"很好。"我放心了。

我上完课回来时，苏珊娜已经不在。她在桌上显眼的地方留了一个条子，上面写着："我要走了，我还有约会。"我的目光不经意地落在了壁炉上，排放在那里的书似乎被弄乱了。我藏钱的那本书突出来了一点。我拿起来，把手指伸进书页，又把书放在桌上摇晃。一张一万法郎的纸币终于掉了下来，但只有一张。我继续摇晃，还用裁纸刀把书页裁开了，但是徒劳，我不得不承认这一明显的事实：另外三张纸币消失了。

我走出门，跑到咖啡馆里。让-路易，也就是那个追求苏珊娜的可怜虫，正在大厅的角落。我问了他，他说她来过，又走了，还不到半个小时。我问他是否知道她的地址。

"你应该知道得比我清楚。"他有点惊讶地回答说，"问问纪尧姆吧！"

我去了地下室的电话间，纪尧姆不在，我便打电话给索菲，巧得很，她刚好在家。她十分友好地回答了我的问题，我的询问使她有了一些成就感，但她也不知道苏珊娜的确切地址。也许纪尧姆知道。"不过，"她马上又补充说，"她几乎每天都会打电话给我，我可以传话给她。"她猜想我不敢在电话里向她解释发生了什么事，便建议我傍晚时当她上完法语培训中心的课之后等她……

当我把自己的不幸告诉索菲时，她挺同情的，没有怎么讽刺我，但她的怀疑与我的怀疑不一样。她问我是否已经告诉旅馆方面我被偷了。

"没有。"我说。我得把事情原原本本地告诉她。

她大笑起来：

"你不愿意让别人知道你在房间里藏了小女人。"

她开始用'你'称呼我，我感到跟她在一起不像那天那样不自然了。

"你做得对，"她补充说，"我相信不是苏珊娜干的。"

"我也肯定。"

"也许是别的什么人。你知道,在旅馆里……女佣……"

"不,肯定不会。"

"你的那个好伙伴:纪尧姆?"

"又是他!"

"为什么就不会是他呢?你以为他会有顾虑?"

"但他毕竟不会做出这种事来!……而且,我从来没有留他一个人在房间里过……"

我突然想起我那天下去打过电话,曾看见他在翻我的书。当然,他走了以后,我没有想到要检查一下。但我出去的时间很短:除非他运气很好,或者嗅觉很灵!

"……不,不是他,"我又说,不让她猜到我这种否定的真实原因,"那不是他的风格。"

"他毁了苏珊娜!"

"那是另一回事!是闹着玩的。"

"滑稽的玩笑!他牵着你的鼻子走。"

难道真是纪尧姆吗?这个学期,我一共才见过他两次。他有工作,我也有。我不敢告诉他有人偷了我的钱,怕他讽刺我。而苏珊娜呢,我希望是她偷的。如果是她而不是纪尧姆偷的,我会没那么生气。至今为止,纪尧姆一直没有对我使过坏。

我和索菲继续密切来往。学院离拉斯帕伊大道不远,我们见面很容易,但我没有穷追不舍。

5月的一个傍晚,我们坐在"勒吕科"咖啡馆的露天座上。"你看,"我对她说,"我之所以不认为是纪尧姆干的,是因为剩在书中的那一万法郎……这太笨拙了,笨得有点动人。这更多是苏珊娜的风格……说到底,她还是个诚实的女孩。"

"听到你这么说,我感到很高兴。"索菲答道,法语中有些微妙的说法她还不会说。

"我一直说她很糟糕,但是……"

"'糟糕',你就知道讲这话!苏珊娜并不'糟糕'。她可能没有古典美,但她身体很灵活。这是个很有教养的女孩。她的腕关节非常美,手很漂亮。我觉得她是典型的法国女孩。"

我冷笑道:

"这不会使我更爱国!"

"嗨,嗨,这很滑稽,不是吗?……而且,不管你愿不愿意,男人们喜欢她。"

"但我不喜欢她。"

"我不觉得奇怪。你是个顽童。"

"那你讨顽童的喜欢。"

"这就是我的悲剧所在!是的!"她一半讽刺,一半信服。

这番心里话,使我觉得我可以去抓她的手了,但她无情地缩了回去。

"放开,听见了吗?否则,我就要生气了。"

我没有坚持。我早就习惯这种粗暴的拒绝。一切都完了,但我还不敢承认,只是默默地赌了几分钟的气,而她却同情地端详着我,心里暗自高兴。最后,是她打破了沉默:

"啊,我应该告诉你的,"她深信不疑地对我说,"苏珊娜要结婚了。"

我跳起来:

"怎么?你这两天见过她?"

"她这几天一直打电话给我。"

"啊,是吗?瞧,瞧!和谁结婚啊?"

"和一个……可你不认识那个小伙子,他叫弗兰克·夏雷。"

"夏雷?我不认识。"

"你认识,他曾跟我一起去参加过纪尧姆家里的晚会。你忘了?"

"总之,她悄悄地跟你说起过他。"我说。这时,一个世界开始在我面前出现。

这种意想不到的结局让我完全改变了看法。在这之前,我一直觉得苏珊娜是个受气包,对纪尧姆逆来顺受。事实上,她并没有怎么满足他的自尊心,更多是屈服于他出于廉耻之心或人类的尊严而没有公开的某些爱好。我花了很长时间才发现,他所追求的女孩,在身体上有一种明显的相似性。她们并不像我所说的那样"糟糕",而是目标十分明确地黏上某个家伙,更多是用她们的身体而不是用她们的脸蛋。他喜欢追求像索菲这种"瘦高个儿"和那些个头有点高的女孩,不去进一步深究自己对那些矮小、肉感的女人的魅力。

年底了,当我一门门功课都不及格,而且失去了索菲时,苏珊娜却很幸福。当我在大街上、咖啡馆或游泳池里遇到她挽着她英俊的弗兰克时,她会不由自主地嘲笑我。这些年来,我对这个女孩只有一种让人羞耻的同情,她却在起跑线上与我们两讫了,让我们变回了原先的那两个毛头小伙子。不管有没有罪,也不管是天真还是狡猾,有什么重要的呢?苏珊娜剥夺了我同情她的权利,完全达到了自己报复的目的。

## 三 慕德家的一夜

在这个故事中，我不会把什么都讲出来。其实也没有什么故事要讲，我不过是选择了一系列小事、琐事、偶然发生的事情而已。这些事情在生活中多多少少都会发生，它们没有别的意义，只是我乐意把它们写出来而已。

我只想用若干行文字，来讲述这些事情发生的方式及其来临的样子。我怎么想、怎么认为、有什么感觉，这些都不重要，尽管这里面一直涉及它们。我只是想把这些事情原原本本地写出来，既不想让别人分享，也不想为其辩解。

当时我在克莱蒙－费朗，在米其林公司当工程师才两个月。以前，我曾在"渣打石油"温哥华分公司干过，后来又在瓦尔帕莱索工作过。我从来没有想过要移居国外，但不知为什么，我喜欢在国外工作，所以迟迟没有回到法国。现在，我自由了，想结婚了。

我对克莱蒙并不熟悉，但一到这个地方，我就喜欢上它了。它的地理位置与我待过的那两个城市恰好相反。在那两个美洲城市里可以看见夕阳，这里却不同，东面是开阔的利马涅平原，西边是高山。我对所处的方位十分敏感。我住的房子位于塞拉高地，眼前非常开阔，延绵二十多公里的福雷山脉渐渐消失在地平线上。景色虽然开阔，但并非无穷无尽，所以让人放心，有助于集中精神。

眼下，我还不愿意认识什么人，只是偶然跟同事们聊聊天气。我并不想发展人际关系。这里的气氛非常严肃，但我想我比一般的人还冷漠一些。

这样爱好孤独，对我来说是不正常的，我在国外往往交友很快，不够谨慎，因为我知道所有的关系都很脆弱。在这里，我则冷眼观察，与别人保持距离。

我回国之后，疯狂地爱上了学习，首先是数学，这是工作的要求，但我也是为了学数学而学数学，每两三年我总是会爆发一次这种学习危机。一天，我正在书店里寻找关于概率计算的书，扫了一眼袖珍版图书的书架，目光停在帕斯卡尔的《沉思录》上。中学毕业后我就再也没有读过它。帕斯卡尔是对我影响最大的作家之一，我以为自己对他的作品已烂熟于心：我找到了我熟悉的一篇文章，但发现它与我以前读过的不一样。我记得这篇文章只抨击普遍的人性，但现在读到的却是没有商量余地的、极端的东西，它对我做出了谴责，谴责我过去和未来的生活。是的，它是专门针对我的。

精神上的兴奋往往伴随着对宗教的回归。在这方面，帕斯卡尔让我很困惑。我停留在他的头一个句子上："蘸点圣水，做弥撒吧……"在亵圣者和圣人之间，没有留给热心者的位置，而我却想成为这种热心的人。

每个礼拜天的上午11点，我都到港口圣母院去做弥撒。我有汽车，远近不是问题。我想，我的信念还没有强烈到去面对我那个郊区教堂里封闭的人群。在大殿和罗马式小教堂的侧廊，人群密集，成分复杂，熙熙攘攘：这种环境更适合我这种新入教者不稳定的热情。我在那里强烈地感觉到自己很孤独，非常想出去。我常常看见一对温柔的男女，他们的温柔劲儿在平常一定会让我大笑，但现在我却笑不出来。几个星期来，我还在每个礼拜天，在同一个地方，看见一个二十来岁的金发女孩。她叫弗朗索瓦丝，我对她还一点都不了解。我不敢肯定她是否注意到我了，但我的主意已经非常清楚、明确和坚定：她将成为我的妻子。

我知道事情想得太美了，结果太乐观了，但我不怀疑这是真的。我坚信，这是我命中注定的，我不认为这是一种迷信。从甜蜜的童年时代起，我一直相信上帝与我同在。所以，对在此之前挡住我前进步伐的一切，我都丝毫没有在意。我知道胜利是属于我的，我迟早会达到上天与我共同制定的目标。

关于我的动机和信仰，我不再说了。我以前说过的话足以让人明白。也许，我对别人并不总是那么真诚，但人有时对自己也撒谎。让我们面对事实吧！我相信自己的命运，所以并不悲观：我决定尽自己的最大努力去引诱女性。比如说，起初可以盯梢弗朗索瓦丝；但事情没有那么简单。她是骑电动自行车来教堂的，我得比她早点出来，开车跟上去。有一天，我成功了。但在克莱蒙老城区的小马路上，我把她跟丢了。她住在市中心吗？如果是这样，那就有点奇怪了，这么近的路，干吗还要骑电动自行车。她从环城路来的可能性更大，但那样的话就不好找了。

在平日里遇到她是完全不可能的。我天亮前就离开塞拉，中午在食堂里吃。下班后，为了避免市中心的拥堵，我总是走外面的大路。然而，一天晚上——我记得，那是12月21日——由于要到城里买东西，而道路几分钟前就已经堵住了，我特地走美国大道。突然，我看见我的金发摩托女郎出现在我的视野中，她沿着右边的人行道钻来钻去，加快了速度。我只有一个念头：她想逃避我！我机械地按了按喇叭，她扭过头来，但没有减速，而是消失在黑暗之中。我觉得她好像笑了。

现在，我肯定自己能成功了。我得尽快找到她。为什么不立即找呢？她应该是来购物的。我停下车子，在大商店、书店和咖啡店里一家家搜寻，但白费力气。

我没有这么容易泄气。圣诞节快到了，也许她要出去度假。傍晚，在街上和商店里人都很多。这是碰运气的好机会。

第二天和第三天，我在继续寻找。结果，12月23日星期三，下午6点半，我遇到了维达尔。我走进一家咖啡馆，他在一个女大学生的陪伴下正从里面出来。我们几乎在同一时刻互相认出来了。

"瞧，维达尔！你也在克莱蒙？"

"是啊……你呢？"

"我们这两天找个时间见见面。"我说。寻找计划被打乱了，我有点不高兴。

他犹豫了片刻才做出决定，好像我的出现也打乱了他的计划：

"如果你愿意，我们现在就找个地方聊聊。"

那个女孩彬彬有礼地告辞了。我本来可以找借口说我没空，但与其徒劳地在马路上乱跑，不如抓住这个机会进入大学生的圈子，这不是更好吗？我已经猜到维达尔现在在大学里当教授：在中学里的时候，我们俩包了班里的第一名，我是科学第一名，他是文学第一名。

"好啊，"他说着和我上了楼，来到了夹层，"我在学院里教哲学。你呢？"

"从10月份开始在米其林工作。我从南美回来了。"

"已经两个多月了，再碰不到就奇怪了。"

"你知道，我住在塞拉，晚上直接回家。我有时也上饭馆，但我更喜欢自己做饭吃。在外国，我见到的人太多了，我现在想孤独一段时间。"

"我可以走开的。"他说着，做出要站起来的样子。

"我不是说你。"我和蔼地说。

作为弥补，我又解释说：

"我的意思是说，我不想去结识陌生人……"

"哦，这里的人既不比别的地方的人好，也不比别的地方的人坏。"

"但我很高兴邂逅某人，而且……"

"你没有结婚？"他突然打断我的话。

"没有。你呢？"

"啊，没有！我不急着结婚。不过，在外省，独身可不是一件快乐的事情。你今晚准备干什么？"

"没什么事。我们一起吃饭。"

"我要去听列奥尼德·柯岗的音乐会。一起去吧，我多一张票。我约了另外一个人，可他没空。"

"不了，"我说，"今晚不想听音乐会。"

55

"全克莱蒙的人都在那里。有不少漂亮的女孩呢！"

"是你的学生？"我有些怀疑。

"克莱蒙有些非常漂亮的女孩，"他激动起来，说，"可惜，很少能见到她们。我敢肯定你会让人神魂颠倒的。"

"我从来不会让人神魂颠倒……"

维达尔带着讽刺的神情盯着我。也许，他已经根据我进咖啡馆的方式，猜到我在寻找某个人。但我觉得弗朗索瓦丝也完全有可能去参加这个音乐会，所以我同意去。

"好吧，我去，仅仅是为了向你表示清白。"

维达尔想获得艳遇的想法应该不比我弱，因为我们说着说着话题就落到这方面了，几乎没有过渡。

"你常常来这里？"我问他。

"可以说从来没来过。你呢？"

"我是第一次踏进这里。"

"可我们就在这里相遇了。真是奇怪！"

"不奇怪，恰恰相反，这完全正常。我们的日常轨迹不会相遇，只有在不同寻常的情况我们的两点才会相遇：这毫无疑问！……现在，"我露出一丝微笑表示歉意，解释说，"我有空就学数学。我很高兴能算算我们在不到两个月的时间里有多少次相遇的机会。"

"你觉得这可能吗？"

"这是个信息和信息处理的问题，但信息首先必须存在。（我当然想到了弗朗索瓦丝。）如果我遇到一个我既不知道他住哪里，也不知道他的工作地点的人，这种概率显然算不出来。你对数学感兴趣吗？"

"哲学家越来越需要了解数学。比如，在语言学方面，甚至包括最简单的事情。帕斯卡尔的算术三角形是与整个关于打赌的故事联系在一起的，正因为如此，帕斯卡尔才那么现代。数学家和思想家是合二而一的。"

"啊，"我说，"你说的是帕斯卡尔。"

"你觉得惊讶？"

"太奇怪了。我现在正在重读他的作品。"

"那怎么样？"

"我很失望。"

"接着说，我很感兴趣。"

"不知道为什么。起初，我觉得自己已经对它烂熟于心，后来却发现它不再能给我带来任何东西：我发现它很空。如果我是个天主教徒，或正想成为天主教徒，它便会与我现在的天主教理念背道而驰。正因为我是基督徒，我才反对这种严格的作风。或者说，如果这就是基督教，那我就是无神论者！……你还是马克思主义者吗？"

"是的，没错。对一个马克思主义者来，关于打赌的这段文字是极有现实意义的。从内心里讲，我非常怀疑历史有什么意义。然而，我还是打赌它有意义，这样就落到了帕斯卡尔所设计的情境里面。假设 A：社会生活和所有的政治行为是完全没有意义的；假设 B：历史有意义。我并不绝对肯定假设 B 比假设 A 更真实，我甚至要说它比假设 A 更不真实。让我们假设 B 的真实可能性只有百分之十，而 A 则有百分之九十。即使这样，我也不能不把赌注押在假设 B 上，因为只有它能让我活下去；如果我把赌注押在假设 A 上，而假设 B 尽管只有百分之十的可能性，但要是它成真了，那么我就完全失去了我的生活……所以，我要选择假设 B，因为只有它能证明我的生活和我的行动的合理性。当然，有百分之九十的可能是我弄错了，但这没有关系。"

"这就是人们所谓的数学期望，也就是说，按照概率所产生的收益。在你所说的假设 B 的情况下，概率很小，但收益是无限大的，因为对你来说，这就是你的生命的意义，而对帕斯卡尔来说，这是永远的救赎。"

"高尔基，列宁或者是马雅可夫斯基，我忘了是谁在谈起俄国革命时曾这样说，在当时，情况就是那样，必须在无数个可能性中选择一个，因为进行这种千分之一的选择相比不选择，期望无限地更大……"

弗朗索瓦丝没有去听音乐会。我邀请维达尔到一家小饭馆吃饭。在别的场合，我们也许没什么太多的话要说。但那天晚上，我们都觉得对方是个抗辩好手，需要对方来确立自己当时的精神地位。我们的谈话一直延续到小饭馆关门，以至于走的时候我们又觉得饿了。我们决定尽快再见面。

"可惜，我明天没空，"我说，"明天是 21 日，我要去参加子夜弥撒……你跟我一起去吧！"

"为什么不呢？"维达尔说，好像没有发现我的这个建议有什么不良用意。"说实话，"他接着说，"我必须到一个朋友家里去吃年夜饭，但我不能肯定她是否在家。她有些家庭问题。"

"你知道，我随口说说而已……"

"我知道，我知道。不管怎么说，她明晚 12 点之前不会在家。她得去见她女儿：她离婚了。如果你愿意的话，子夜弥撒之后我们可以一起去那里。"

子夜弥撒也没有见到弗朗索瓦丝的影子。出了教堂之后，维达尔去一家咖啡馆打电话。

"不行，今晚不行，"他回来时说，"她的前夫刚好经过克莱蒙，他们还有些经济问题要解决。她好像被这事搞得疲惫不堪，她已经睡了，不过我们明天可以去！"

"不，我不认识她。"

"见了不就认识了吗？你会看到，慕德是个很不错的女人，一个罕见的好女人。认识她你会很高兴的……她也同样。"

"进展别太快了！"

"你知道，她离婚后一直深居简出，见到自己圈子里的人她会觉得很不自在。她是个医生，儿科专家，她丈夫也是个医生，是大学里的教授。我跟他丈夫不太熟，他现在在蒙波利埃……慕德是个很漂亮的女人。"

"那就把她娶了！"

"不行！我之所以说不行，是因为这个问题已经提出来过，而且有了结论。我们不合适，在……日常生活方面，但这并不妨碍我们成为世界上最好的朋友。你知道，我要你去，是因为我知道得很清楚，如果你不去我和她会干什么：我们会做爱。"

"那我就不去好了！"

"不不，我们是因为无聊才做爱。无论是对她还是对我来说，这都不是一个解决办法。而且，你知道的，我是个很地道的清教徒。"

"比我还地道？"

"哦，不知地道多少！"

慕德住在若德广场边上一栋很现代的大楼里，楼下就是我遇到维达尔的咖啡馆。西班牙女佣把我们带到一个宽敞的客厅里，客厅虽然简朴，但显得很豪华。大门正对面是高高的书架，上面放满了书。书架前面有张椭圆形的小桌子，已经铺上桌布。客厅的角落里放着一张长沙发，女主人好像就睡在上面，沙发上覆盖着一件宽大的白色毛皮大衣，大衣的衣角垂到了地毯上。几张低矮柔软的椅子在沙发前围成一个半圆形。整个套间都是单色调的，铺着地毯，很舒服，只有几张抽象画让气氛活跃了一点。长沙发的上方，有两张达·芬奇的裸男画，一棵挂着彩色折纸灯笼和纸饰带的圣诞树俯瞰着房间。

慕德进来了。这是一个三十来岁的女人，棕发，身材修长，当然"非常"漂亮。维达尔迎上去，热情地拥抱着她。她没有反抗，然后挣脱开来：

"啊，你太多情了！你好像精神抖擞。"

"很长时间没有见了！"

"是的，一个星期了。"她说着看了看我。

她向我伸出手，请我坐下。我和维达尔坐在椅子上，她坐在我们对面的沙发边沿。

"这么说，你们十五年没有见面了！"

"是的，"我说……"应该说是十四年吧！"

"你们马上就互相认出来了吗？"

"毫不迟疑。"维达尔说。

他向我转过身来：

"你没有变。"

"你也没有。"

慕德愉快地凝视着我们，说：

"你们俩青春常在。"

"这是批评呢还是恭维？"维达尔说。

"什么都不是，仅仅是一个事实。"

"不过,"我说,"我们的生活方式不一样。"

维达尔点点头,然后夸张地指着我说:

"他有许多艳遇。"

"哦,讲给我听听。"

"啊,没有,我只不过在国外生活了一段时间。"

"生活在丛林中?"

"生活在经济发达的城市里,加拿大的温哥华,还有瓦尔帕莱索。"

"瓦尔帕莱索也去过?"

"是的,至少是在我的阶层里。我所交往的有产者和里昂、马赛的有产者一样。"

"跟这里的有产者也一样。"维达尔说,一副看破红尘的样子。

慕德同意他的观点,她拿起一根烟:

"不管去哪里,都注定要去外省……总之,这是一种'惩罚',可我喜欢外省。"

"你想离开克莱蒙?"

"不是想离开这个城市,而是想离开这里的人。同样的面孔,我看够了。"

"包括我?"

他抓住她的手,她让自己手留在那里,过了一会儿才抽回来,然后在沙发上往后退了一点。

"你知道,我要走,这是决定了的。如果你爱我,那就跟我走。"

"如果我真的跟你走呢?"他走到她身边坐下。

"我会很为难的!"

他搂住她,跟她调了一会儿情。她推开他,假装生气:

"好了!一个教授,成何体统,而且是个大学教授!"

他回到自己的椅子上坐下：

"好吧，不开玩笑了……圣诞节过得好吗？"

"很好。玛丽非常开心……那是我的女儿，她八岁了，她收到了很多礼物。你呢？你是怎么过的？"

"我去参加子夜弥撒了。"

她"噗"了一声：

"我一点都不觉得奇怪，你最后会去当神父的！"

"是他拖我去的。"

"不，"我说，"不完全是。"

"说到底，是我自己想跟他一起去的。"

慕德好奇地扫了我一眼：

"你是天主教徒？"

"是的。"

"遵守教规吗？"

"是的。"

"看他的样子不像！"维达尔说。

"像，"她说，"我看你们都很像童子军。"

"我从来没有参加过童子军。"

"我嘛，"他说，"我曾是唱诗班的儿童。"

"我告诉过你，你活像个神父。好了，朋友们，我感觉到了你们俩身上滑稽地散发出圣水的味道！……"

她站起来，向酒柜走去。

"你们想喝点什么？"

"谢谢，"我说，"我真的不想喝。"

"你呢？"

"来点苏格兰威士忌吧。"

"我不仅没有受过洗……"她一边说一边倒满杯子。

但维达尔马上就打断了她:

"你知道吗,她出生在法国中部思想最自由的家庭里?不过,慕德,你知道,像你们家那样,不信教其实也是一种教。"

"我知道得很清楚,"她说着走了回来,"但我没有权力更喜欢某种宗教。如果我父母是天主教徒,我也许会像你一样信教,也许会不再信天主教,可我至少是忠诚的。"

她坐在维达尔的椅子的扶手上。

"我们完全可以不忠于什么。"他说着,端起了杯子。

"不是忠不忠于的问题,而是一种更自由的考虑问题的方式。而且,虽有着很多原则,甚至是极其严格的原则,但这里没有任何偏见,也没有任何痕迹……"

"行了,你在吹牛。"

"别说粗话,这不符合你的风格。"

"像你这样的女孩会让我成为教皇主义者。我不喜欢没有缺点的人。"

"因为你不正常。你应该做个心理分析。"

"愚蠢!"

"再说,我也有我的问题,而且是真正的问题……我们是否吃点东西?"

我们开始吃宵夜,当地产的几瓶土酒让我们非常兴奋,我们说得很快,很大声,常常打断对方的话。话题又回到了基督教上。

"我明白人们为什么要当无神论者,"维达尔说,"我本人就是。但基督教中有一些东西非常迷人,你不得不承认。这是它的矛盾之处。

慕德噘起了嘴。

"你知道,我是坚决反对辩证法的。"

"那是像帕斯卡尔那样的家伙的本领之一。你应该读过帕斯卡尔吧?"

"是的:人是一株会思考的芦苇……两种无限……嗯……"

"克莱奥帕特拉的鼻子……"

"我肯定不会读他的书。"

"好吧,我一个人反对你们两个人。"

她向我转过身来:

"为什么?你没有读过帕斯卡尔?你看!……"

"我读呀,"我说,"我读过。是的。"

"他恨帕斯卡尔,"维达尔高兴地指着我,"因为帕斯卡尔让他不愉快,因为帕斯卡尔好像专门针对他这个假基督徒。"

"真的?"慕德问。

"他这典型的耶稣会做派。"

"让他自己辩解吧!"

我很尴尬地解释起来:

"我说我不喜欢帕斯卡尔,是因为……嗯……帕斯卡尔的基督教观点太……太独特,而且,已经遭到过教会的谴责。"

"帕斯卡尔没有遭到过谴责,起码《沉思录》没有。"

"但他的冉森派风格遭到过谴责。而且,帕斯卡尔不是个圣人。"

"回答得很精彩。"慕德说。

然而,当维达尔准备反驳时,她制止了他:

"让他说!我们只听你说!"她向我露出了微笑,"你说什么?"

"没说什么。除了帕斯卡尔对基督教的观点,还有别的看法。我非常尊敬作为科学家的帕斯卡尔。但作为一个科学家,他抨击科学,这让我感到震惊。"

"他并没有抨击科学。"

"他在晚年抨击过:'整个物理学比不上一小时的痛苦。'"

"这并不是真正的抨击。"

"我没解释好。让我们举个例子吧:比如说,现在,我们在谈话,忘了自己在吃什么,我们忘了这美味的尚蒂格。我是第一次喝。"

"在克莱蒙的旧式家庭里才喝这种酒,"维达尔挖苦说,"在天主教和共济会[1]的旧式家庭里。"他对正试图制止他的慕德又补充了一句。

我接着说:

"这种美味的尚蒂格,帕斯卡尔也许喝过,因为这是克莱蒙产的。我指责他的,不是他不喝酒——事实上,我是很赞成节约、斋戒的,反对镇压斋戒——而是他喝酒的时候,对酒一点都不上心。他由于生病了,所以遵守饮食制度,只能吃好东西,但他永远也想不起来自己吃了些什么。"

"是的,这是他的姐姐吉尔贝特说的。他自己从来没有说过:'这东西很好吃!'"

"好吧,我现在说,'这东西很好吃',根据基督教的说法,

---

1 共济会,1717年成立于英国伦敦的一个组织,前身是中世纪的石匠行会,成立初期属于一种秘密结社。近代共济会对神的解释来自柏拉图对造物主的阐述,他们认为神是一位理性的工匠,人类是神的复制品,由于材料的先天性缺陷,这个复制品总是不完美。然而如果人能够以理性为准绳,以道德为工具,不断地修正自身精神上的缺陷,那么最终能够凭借自己的努力完善自身。

不承认它好吃,这是一种罪恶。我说这是一种罪恶。"

"你的论据毕竟还是缺乏说服力!"

"一点都不缺乏说服力,这是非常、非常重要的东西。在帕斯卡尔的著作中,还有别的东西让我深感震惊。他说婚姻是基督教中最卑鄙的条件!"

"我也认为,"慕德说,"婚姻是很卑鄙的事,但我的理由跟他不一样。"

"帕斯卡尔说得对,"维达尔说,"你也许想结婚,我也是……"

"哦!"慕德叫了一声。

"……不过,在圣事中,婚姻在圣职之下。"

"我那天在做弥撒时,"我接着说,"想起的正是这句话。在我的面前,有个女孩……"

维达尔打断我的话:

"真的,我得下决心去听弥撒,到哪里找找女孩子了。"

"那些女孩肯定没有帕蒂小屋里的女孩丑。"她向我转过身,"怎么样,那个漂亮的女孩?"

"我没说她漂亮。好吧,就算她漂亮。我不一定要说她是女孩:她是个女人,一个十分年轻的女人和她的丈夫。"

"或者是和她的情人。"维达尔说。

"住口!"慕德叫道。

我表示反对:

"他们有订婚戒指。"

慕德笑了:

"你凑近看了。"

我说:

"是这样，我觉得……嗯……这种感觉非常难解释……"

他们俩都把肘支在桌子上，一副讽刺的样子，盯着我。

"……我不说了，"我说，"你们取笑我！"

"没有啊，"慕德说，"完全没有。"

"我觉得，"维达尔说，"老想着结婚这事，这挺好，完全符合你的年龄。"

"符合我们的年龄。你是想说，那对基督徒夫妇很崇高是吧？宗教是很能为妇女添彩的。"

"是的，这是真的。"我说。慕德却做了个鬼脸："宗教能让爱情更加强烈，而爱情也能使人更加信教。"

这时，门半开，慕德的女儿玛丽推门进来。玛丽今年八岁。她问母亲是否能看看圣诞树上的闪光灯。慕德有点生气，把闪光灯开了一会儿，然后把孩子送回房间。

"看见了？你高兴了？好了，走吧，现在该上床睡觉了！向大家说再见！"

她们一走出去，维达尔就站起来，走向书架。

"这里应该有帕斯卡尔的书。我们都白当共济会会员了……"

他蹲下来，在书架的下层找到了一本学校版的《沉思录》，翻阅着。我站起来，走到他身边。

"你能不能告诉我，"他问我，"在关于打赌的那篇文章中，是不是确切参照数学而言的？"他念道："无穷大的地方，以及损失和收益的可能性有限的地方，这两者之间就没有平衡可言：必须献出一切……所以，当人们被迫打赌的时候，必须放弃理智，以保存生命……"

他把书递给我，我扫了一眼。

"就是这一段，'数学的经验'，"我说，"对帕斯卡尔来说，经验永远是无穷大的……除非毫无得救的可能，因为无穷大乘以零等于零。所以，对完全没有信仰的人来说，这观点没有任何价值。"

"不过，只要你稍微有点信仰，经验又变得无穷大了。"

"是的。"

"这么说你必须打赌？"

"是的，如果我相信有概率，如果我还相信获得是无穷大的。"

"你是这样认为的吗？然而，你不打赌，不冒险，不放弃任何东西。"

"不对，我放弃某些东西。"

"没有放弃尚蒂格！"

女佣正准备撤掉桌上的东西。我们走到客厅的角落，坐在椅子上。

"酒不是用来打赌的，"我说，"为什么要放弃它呢？以什么名义？我不喜欢'打赌'，是因为打赌是一种交换，就像买彩票一样。"

"不如说是'选择'。必须在有限和无限之间做出选择。"

"我选择酒，并不意味着不选择上帝。选择不是这个意思！"

"女孩呢？"

"'女孩'也许是，但不是女人。至少对我来说是这样。"

"你追女孩。"

"没有！"

"你以前追。"

"没有。"

慕德刚刚走进来，饶有兴趣地听我们谈话。维达尔请她当证人：

"你知道，慕德，我认识他的时候，他是追女孩子的大王，是个专家。"

"我十岁的时候你就认识我了！"

"我是说，你放学后就失去了踪影。"

"你胡说！"

"胡说？玛丽-埃莱娜是怎么回事？"

"你的记性太好了！我根本不知道她后来怎么样了。"

"她进了修道院。"

"什么？……白痴！"

慕德站在我们俩当中，插嘴说：

"玛丽-埃莱娜是谁？"

"是我的一个女朋友。"

"准确地说，是他的情妇。"

她盯着我：

"真的？"

"我不否认我曾有'情妇'，我就使用你说的这个词吧……"

"是因为有过很多？"

"我不想向你讲述我的生活。他不是我的忏悔师。我三十四岁了，认识不少女孩。我并不以为自己堪称榜样，完全不。而且，这不能证明什么。"

慕德不得不离开我们的争论，她要到厨房里弄咖啡了。

"兄弟，我不想证明任何东西。"慕德走了以后，维达尔用一种讲和的口气对我说。

"我知道，"我说，"你讨厌我。我和我爱的、我想娶的女孩有联系，但我从来没有跟这样的一个女孩睡过觉。我之所以这样做，不是出于道德的理由，而是我觉得没好处。"

"是的，假如你在旅行中遇到一个可爱的女孩，你知道以后永远不会再见到她。在有的情况下是很难控制的。"

"命运——我不想说是上帝——让我一直远离这种情况。我从来没有机会遇到过这种荒唐事。没运气，甚至到了令人难以置信的地步。"

慕德回来了。维达尔听见她回来，便提高了声音：

"我通常运气也不好，但这种事却遇到不少。有一次在意大利遇到了一个瑞典女孩，另一次在波兰遇到一个英国女孩……"

慕德把盘子放在矮桌上，又走开了。

"……那两个晚上也许给我留下了一生中最美好的回忆。我非常赞成旅途中的爱情、会议中的爱情。那个时候，起码没有讨厌的市侩成分。"

"而我却恰恰相反，原则上来说，我是反对的。但是，由于我从来没有遇到过……"

"你会遇到的。"

"不会！"

"好了，不开玩笑了！如果你碰到这种事，如果我没理解错的话，你会做的，是吗？"

慕德手里端着咖啡壶回来了。我回答的时候，她在往杯子里倒咖啡。

"不！我是说过去。你疯了。你强迫我想一些我完全想不到的事情。我也许追过女孩。但过去就是过去。"

"但如果明天，如果今晚，一个像慕德那么漂亮的女人，脾气又相当好，向你提出来，或至少让你感觉到……"

"住口！"慕德叫道，"你觉得这好玩吗？"

"让我说完。是这样，假如慕德……"

"他完全喝醉了!"我说,"是酒精的缘故。你不信?"

她走过来坐在我对面的沙发上,手里端着咖啡杯,眼睛盯着我。她的膝盖差不多都要碰到我的膝盖了。

"你回答一句啊。"她最后说。

我犹豫了一下,然后下定了决心:

"这么说吧,以前会,现在不会。"

"为什么?"维达尔问。

"我告诉过你,我皈依了。"

"啊!"

"皈依是有可能的。看看帕斯卡尔的书就知道了。"

大家沉默了一阵,喝起咖啡来。不一会儿,维达尔放下杯子,接着说:

"我也许很鲁莽,但我觉得自己的直觉很敏感。这种皈依太值得怀疑了,"他向慕德转过身去,"我觉得他的行为当中有些东西很怪。他有时茫然若失,好像在做梦,似乎在想某个人。不是想什么事情,而是在想什么人。如果他爱上了什么人,我并不会感到惊讶。"

我大笑起来:

"头号新闻!"

眼睛一直看着我的慕德,显得有点担心。

"她是棕发的还是金发的?"

"我觉得他喜欢金发女孩。"维达尔说。

她坚持道:

"说说吧,这不会影响你的声誉。"

"不,我已经对你说过。"

"这样吧,作为交换,我也给你讲讲我的生活。"

维达尔冷笑道：

"一定很长！"

"我分几段讲。"

我开始不耐烦起来。

"我谁也不认识。"我用傲慢的口气说，"我谁都不爱。就是这样。"

但慕德并没有因此而罢休：

"她在克莱蒙？"

"不！"

维达尔用指头指着我。

"他说了'不！'。这个女人可以不在这里，但一定存在。"

我耸耸肩：

"我说'不'，这个女人并不存在。而且，她即使存在，我也完全有权对你们守口如瓶。"

"我们是坏人。"慕德说，我强烈的反应让她有些不知所措。

"不，我会很高兴，甚至比你们以为的还要高兴。"

维达尔站了起来，走向放着酒的桌子，给自己倒了满满一杯干邑。

"别喝了，"慕德对他喊道，"我不想送你回家。"

"不是你送我回家，而是他。"

这时，慕德也站了起来。

"我亲爱的朋友们，"她说，"我向你们提个建议。由于我这段时间很累，医生要我尽可能长时间地躺在床上。"

"那个医生就是你吗？"维达尔问。

"当然！"

我想站起来。她做了一个动作，命令我坐着别动。

"……我不会赶你走的。待着，别走，待着，我想你待着，我命令你。我一点睡意都没有。我喜欢有人围在我床头。"

"在你房间里？"维达尔问，他的声音已经有点含糊了。

她耸耸肩：

"总之不是你！……你会看到，我们会很好，就像17世纪的女才子时期一样。正因为这样，我才睡在这里……我讨厌卧室！"

她朝她刚才带着女儿走出来的那扇门走去。当客厅里只剩下我们俩的时候，我马上就站了起来。

"不管怎么样，我要走了，"我说，"我困了。"

"别跟我玩这一套。"维达尔说。

"我们一起走，否则还怎么样？她要睡觉。"

"你以为？这也是她的小小伎俩。"他喝了一口酒，露出一副神秘的样子，"看着吧，我觉得空气中有某种东西。"

"我会看到什么？"

"你会看到的。留下来别走。"

"你醉了，"我不耐烦地说，"我讨厌不讲礼貌。她一回来，我就走。"

门开了，我转过身来。

"这会儿，"慕德说，"我要承认，我就不扮演朗布耶侯爵夫人了。"

她穿着一件很短的粗法兰绒衬衣，露出了大腿。

维达尔轻声说：

"我明白了。你想向我们展示你的大腿。"

"一点没错。"她说着向床走去，"由于这是我唯一的诱惑办法……"

"你唯一的诱惑办法？别夸张了。不如说是主要的诱惑办法吧！"

"我很喜欢展示自己。我会一时兴起。你们可以看着我，我一定会极其诚实。"

"我很高兴等着你出丑。"当她迅速上床时，维达尔说，"这是海员穿的玩意儿？"

"是的。真玩意儿，真得不能再真了。"

"很实用。保暖。"

"不管怎么样，我睡的时候要脱掉。我总是裸体睡觉。我不明白为什么有的人能穿着衣服睡觉，睡得衣服皱巴巴的。你一动，衣服就卷起来。"

"你安安心心地睡吧，服点镇静剂。"

"这对身体很不好，实在不行的时候我才吃。挪开点，"她对维达尔说，维达尔刚刚过来在床头坐下，"让我伸直大腿。"

他往后仰了仰，隔着毛皮大衣，摸着慕德的身体。

"我喜欢隔着床单摸你的脚趾。你会感到很舒服，你一定会觉得舒服。"

我又在椅子上坐下来。慕德向我转过身来。

"我们谈些什么？"

"女孩。"维达尔说，"谈谈他的艳遇。"

"对啊！他应该告诉我们他的艳遇。"

"不，"我对他说，"该你讲！"

慕德摇摇头，看着我：

"你知道，你让我很生气。"

"我？是他，他总是爱说一些关于我的可怕的事情。"

"就说我撒谎得了！"

"你没有撒谎,但是……"

"真的,你让我感到震惊,"慕德打断我的话,"我还以为基督徒在婚前应保持纯洁呢。"

"我已经说过,我不想给谁作榜样!理论与实践……"

"我认识一些男孩,"她接着说,"他们从来没有跟女孩睡过。"

"是的,"维达尔说,"但那是些秃子和驼背。"

"不一定。"

"我再次提醒你们,我不是什么人的榜样,"我显然有些不耐烦,"首先,那是过去的事了。我并不觉得那些事有什么光荣……"

她爆发出大笑:

"别装正经了!恰恰相反,我觉得你很令人同情。我喜欢你的坦诚。"

"相对而言,完全是相对而言。"维达尔评论道。他这会儿几乎躺在慕德的肩膀上了。

我放松了一些,也露出了微笑:

"我真的惹你生气了?你这样说我感到很烦恼。我信基督和我的艳遇完全是两码事,甚至是相反的事情,它们是冲突的。"

"可是,"维达尔说,"它们在同一个人身上共处。"

"不如说是一种互斗的共处,尽管……也许我还得讨你一次厌,该我倒霉!追女孩,并不会比学数学更让人远离上帝。帕斯卡尔,我们还是回到他身上来吧,并不仅仅批评美食,而且在晚年的时候批评数学,你们都知道他研究过数学。"

"是的,"维达尔解释说,"'究其根本,数学是没有用的。'

这话说得很对。你同意吗？说到底，你并不比我更了解帕斯卡尔。"

"也许吧。数学是无用的，数学让我远离上帝。数学是一种智力游戏，一种和别的游戏没有区别的游戏，比别的游戏更坏的游戏。"

"为什么更坏？"维达尔问。

"因为它完全是抽象的，非常不人道。"

一直靠在床上的维达尔叫道：

"而女人恰恰相反！……我想写篇文章，讨论'帕斯卡尔与女人'。帕斯卡尔就女人这个问题进行过很多思考，尽管《论爱的激情》是伪作，他本人也没有'体验'过女人……我说的是《圣经》意义上的'体验'……"

慕德打断了他的长篇大论。

"麻烦你开一下窗好吗？屋里的烟味太浓了。"

他站了起来，走到窗边，把窗开了一点。

"下雪了！"

我站起来，走过去看，慕德也站了起来。外面飘着雪花。

"这让一切看起来都像是假的，"维达尔说，"虚假。我不怎么喜欢下雪。一下雪，就成了童话世界。我讨厌所有孩子气的东西。"

"因为，"慕德说，"你是个老奸巨猾的家伙。"

"好了，去睡吧。你会着凉的。"他说着，拍了拍她的大腿。

"喂！"她大叫起来，"粗人！你不如回去睡觉吧。"

"不早了，"我说，"我要回去了。"

维达尔关上窗，把窗帘拉上。慕德回到了床上，我也走回客厅的角落。

"你住在哪里?"她问我。

"塞拉。但我有汽车。"

"下雪了,你会送命的。"

"我不是一点点雪就能被吓倒的人!"

"可下雪天很危险,我有个朋友就是这样死的。我在那场事故中也受了伤。不过,你知道吗,你可以在隔壁房间里睡。你就同意吧!不会影响我睡觉的。"

我没有回答。我看着维达尔,他好像在思考着什么。慕德轮番盯着我们俩。突然,维达尔打破了沉默。

"我想起来了,我家的窗还没关呢!雪会飘进去的。我得走了。"

他走向慕德,俯下身,拥抱了她。

"好吧,我送你回去。"我说。

"不,不,你可以留下来……"

他使劲地推了我一把,我失去了平衡,跌倒在椅子上。

"这样……很好。再见!再见慕德。我们再打电话联系?"

"哎!"他已经走到门口了,慕德又喊住他,"你明天不会忘记吧?"

"哦,对了。几点钟?"

"中午。"

"你女儿怎么办?"

"她去见她父亲。"

"你也来吗?"维达尔穿大衣时,慕德问我。

"是什么事?"

"和朋友们一起去散步,到布伊斯那边。我们将在一家小饭店吃饭。如果下雪那就更好了。"

维达尔走了,好像很遗憾。我觉得非常尴尬。慕德好像在想什么东西,神色有些疲惫,好像并不想继续谈话。

"说实话,"我说,"我已经习惯下雪,习惯高山。我不会有任何危险的。"

"会的!这场融雪很糟糕……"

"不会的!我让你安安静静地睡觉,我走了。"

我站起来,向她走去。

"再待一会儿,求你了。"

"你真的要我留下来?"

"好吧,"她突然发作了,"那你就走吧!回你自己的家里去!再见!"

"再见,我很困惑!人们告诉我——你别生气啊——说这里的人都喜欢让别人求。"

她大笑起来:

"是的,这倒是真的。不过,现在,你是奥弗涅人。而我呢,我说是就是是,说不是就是不是。如果我想让你走,我会说'走吧!'。"

"你刚才说了'走吧!'。"我的目光中有点挑衅的味道。

我没有动,继续盯着她。她的神情很友好,几乎是在哀求。我笑了,她也笑了。我坐了下来。

"我再待一会儿。"我说。

"说实话,"她用很严肃的口气对我说,"你让我很震惊。"

"是的,你已经说过。"

"真的。我从来没有遇到过像你这样惹我不痛快的人。我对宗教总那么冷漠,我既不反对,也不赞成,但影响我严肃对待宗教的,是像你这样的人。说到底,对你来说,重要的是尊重别人。

后半夜待在一个女人的房间里,这是非常可怕的事情。不过,你在我感到孤独的一个夜晚陪伴我,会让我很高兴的。难道你从来没想过找机会建立一种不那么普通的关系,哪怕以后我们再也不会见面?我觉得你挺蠢的,基督徒的味道太重了。"

"这事跟宗教没有任何关系。我只想到你要睡了。"

"你一直是这样想的吗?"

"不。但既然我现在在这儿。"

两人都沉默了一会儿。我笑了,她也笑了,接着说:

"你知道吗,你最让我讨厌的,是你老是回避问题。你不负责任。你是个害羞的基督徒,也是个害羞的唐璜。登峰造极!"

"不是这样的。我喜欢女人,这是另一回事。我爱过两三个女人——就说是三四个吧!我和她们生活过相当长的时间,许多年。我爱她们——也许不是那么热烈——哦,还是挺热烈的。这是互相的。我这样说并不是吹牛。"

"别假装谦虚!"

我站起来,在房间里走来走去,然后靠在一个五斗橱上:

"不。我这样说,是因为我认为,没有相互性,确实就没有爱,所以我才有些相信宿命。有过爱情挺好,爱情不在了也挺好。"

"是你要求断交的吗?"

"不是。也不是她,而是环境。"

"那就应该战胜环境!"

"那种环境不可战胜。我知道,要战胜总是可以战胜的,但不管什么理由,那是完全疯了,是愚蠢的。不,那是不可能的,应该让它不可能。最好还是不可能。你明白吗?"

"我完全明白。我觉得这很人道,但很不符合基督教思想。"

"是的,回到我刚才说的话题上来吧,基督教或非基督教,这不重要。我们把'基督教'这个词加个括弧吧。我不赞成这种观点。女人给我带来了许多好处,道德上的好处。当我说'女人'的时候,这有点……"

"……俗。"

"是的……每当我遇到一个女孩——不管怎么说,情况总是很特殊:普遍性的东西没什么好说的——都让我觉得发现了一个以前不知道的问题,以前没有具体面对过的问题。我不得不采取某种态度,它对我有利,以摆脱道德麻木状态。"

"你完全可以保证道德方面的东西,而放任身体方面的事情。"

"是的,但我觉得道德方面的东西……只有在……是的,当然,我们永远可以……但身体和道德是不可分割的。毕竟还得承认事实!"

"这会不会是魔鬼的一个陷阱?"

"如果是那样,我就掉进去了!从某种角度来看,是的,我掉进去了。如果我没有掉进去,我就是个圣人了。"

"你愿意当圣人吗?"

"不愿意,很不愿意!"

"咳,真不该听到这话!我以为所有的基督徒都渴望纯洁呢!"

"我所说的'不愿意',意思是我'不能够'。"

"太悲观了!能得到饶恕吗?"

"我请求上帝让我看到一点生存的希望。(我在房间里踱起步来。)不管我是对是错,我都觉得,不会全世界的人都是圣人,应该有些人不是圣人。根据我的本性,我的渴望,我的能力……我真的就属于这部分人……但我的平庸、我的中庸和我的温和——上帝都感到恶心了,我知道——我可以成为某种人,不是完全成为,而是至少具有某些义人的成分,即福音书中所说的那种'义人'(Juste)。我处于'世代'(siècle)当中,而世代在宗教里是允许的。与你所想象的相反,我根本不属于冉森派。"

"我从来没有这样想过。"

"要么是你,要么是维达尔!"

"他信口开河!"

"他是想推着我走。我不知道他今晚怎么了。他也许完全醉了,我是第一次看到他这个样子。"

"你们互相之间很了解吗?"

我走到慕德身边,递给她一支烟,给她点着。

"我们十四年没有见面了。以前,我们的关系很好,甚至在中学毕业后还有联系。"

"你今晚表现不好。"

我在床的一端坐下来,身子往后仰去,双肘支在床上。

"表现不好?"

"我也不好,很坏。那个可怜的小伙子今晚睡不着了,知道我们在一起。"

"可是他自己要走的!"

"是的,他要充好汉!你有时可真蠢!他没有告诉过你,他爱上了我?"

"没有,他只对我说,他会尊重你,他对你有一种很深的友谊。"

"这小伙子很谨慎,而且是个很不错的家伙,尽管他有时缺乏幽默感——我是说,他在生活中缺乏幽默感……我知道,我让他痛苦了，但我没别的办法。他完全不是我喜欢的那种人。我有一天傻傻地这样跟他睡了觉，出于无聊。我对男人是很挑剔的，你知道。这不仅仅是肉体上的事：需要有超群的智慧才能理解这一点。我很清楚他为什么带你到这里来。是为了考验我？我不这样认为。不如说是找个借口来蔑视我,恨我。说到底，他还是个大笨蛋。好了，算了，不说他了。我们刚才说到哪了？"

我在床上躺下来，脸朝着她的方向。我们的脑袋保持着同样的高度，面对着面。

"你不想睡？"我问。

"一点睡意都没有。你呢？"

我继续盯着她：

"我也是。可是你，真的不想睡？"

"如果我想睡，我会对你说的。我很长时间没有这样跟人说话了。我觉得很舒服。"

我没有回答。慕德好像在等待我说话，或等我有所行动。但我一动不动，无动于衷。

"不管怎么样，"为了打破渐渐让人有点受不了的沉默，她最后终于开口了，"我觉得你太折磨人了。"

"折磨人？"

"我还以为，是不是基督徒，人们可以根据他的行为来判断。但你好像对此毫不在意。"

"根据行为？我？我对行为在意得很。但对我来说，重要的不是个别的行为，而是整个生活……"

我往后退了一点，回到床边原先的位置，接着说：

"……生活是一个整体，就像一整块石头。我是说，我从来没有面临过要选择的局面。我从来没有这样问自己：'我该跟这个女孩睡呢，还是不跟她睡？'我只是提前做出选择，一种全面的选择，选择一种生活方式。"

慕德要我递给她一杯水。

"如果说教堂里有什么东西是我不喜欢的，而且是现在已经消失了的，"我说着站起来，"是列举行为、罪恶和所做的好事。我们应该寻找的，是内心的纯洁。当你真的喜欢一个女孩，你不会跟别的女孩睡觉……"

我把水端到慕德面前，自己在椅子上坐下。她喝了一口，露出了微笑。

"……我说得没错啊，你为什么要笑？"

"不为什么，"她说，"哎，你说的是真的吗？"

"什么东西？"

"你爱上了什么人。"

"爱上了什么人？爱上了谁？"

"我不知道。金发女郎，唯一的那个。你找到了吗？"

"我已经告诉过你，没有。"

"别耍赖了。你想结婚吗？"

"想啊，像所有的人一样。"

"比别人更想一点。你就承认吧！"

"不！我不知道你是怎么回事，想强迫我结婚。"

"我骨子里也许适合当红娘。那种女人不是没有。"

"是的。我逃都来不及。"

"说说你会怎么结婚？"

"我不知道，登小广告吧：'工程师，三十四岁，信天主教，有个七十二岁的老母亲……"

"……英俊潇洒，有汽车，觅金发少女，信天主教……要能严格遵守教规。"

"说到底，为什么不呢？你给了我一点启发。有很多人都是这样结婚的……我开玩笑来着。我并不着急。"

"当然，为了打四百下！"[1]

"啊，不，完全不是！"

"如果你找到了你今天所寻找的女孩，你会马上结婚，并且发誓一辈子不背叛她吗？"

"绝对会。"

"你肯定你会忠于你的妻子吗？"

"当然会！"

"如果她欺骗你呢？"

"我认为，如果她爱我，她是不会欺骗我的。"

"爱情，不可能是永恒的！"

我站起来，走到床边重新坐下。

"如果有什么东西是我不明白的，"我说，"那就是不忠。哪怕是出于自尊。我不能说了黑之后又说白。如果我选择一个女人当我的妻子，那是因为我爱她，对她有一种经得起考验的爱情。如果我不爱她了，我会看不起自己的。"

"而我却觉得这里面自尊意味太强了。"

"我说过，哪怕出于自尊。"

"主要是由于自尊……你允许离婚吗？"

"不。"

"那你是在无情地诅咒我？"

"完全不是。你不是天主教徒，我尊重所有的宗教，甚至尊

---

[1] 法国俗语，意为"强烈的叛逆"。法国新浪潮导演特吕弗摄有反映青春期叛逆的名片《四百击》。

重不信教的人的宗教。我说的话只对我自己是有价值的，仅此而已。如果我伤害了你，请原谅。"

"你根本没有伤害我。"

她从床上坐起来，挺直上身，双膝靠在胸前。

"你为什么离婚？"沉默了一会儿之后，我问道。

"我不知道……不，我知道得很清楚。我们合不来，我们很快就发现了。只是性格方面的问题。"

"也许是你本来能够解决的事情，我不知道……"

"我丈夫是个很好的人，从任何一个角度来看都是这样。那是我一直尊敬的人，但他老是惹我生气，生很大的气。"

"他是怎么惹你生气的？和我差不多？"

"啊，不！你没有惹我生气！我从来没想过要嫁给你，哪怕是在我最疯狂的年轻时期，我也不会产生这个念头。"

"但你们一起生活了，有了一个女儿。"

"那又怎么样？你以为父母合不来对孩子有意思吗？而且，还有别的事情……你一定要我把我的生活讲给你听吗？我有过一个情人，我丈夫有个情妇。让我感到有意思的是，那个女孩有点像你，很讲道德，信天主教……既不虚伪，也不自私，很真诚，但这并不妨碍我对她深恶痛绝。我相信她疯狂地爱上了我丈夫。我丈夫是个能让女孩为之疯狂的男人，我也曾疯狂过。为了让他们断绝关系，我什么都做了，这曾是我唯一的善举。但我不相信她最后会嫁给他。所以，当你刚才对我说环境无法战胜的时候，我觉得非常有意思。我想，对她来说也一样。"

"那你的……情人呢？"

"这嘛——通过这件事你可以看到，我很倒霉，每当我要完成一件好事的时候，我总是功败垂成——我坚信找到了自己生命中的男人。那个人在任何方面都讨我的喜欢,他也喜欢我。他也是个医生,一个非常出色的男人,非常热爱生活,十分开朗。我从来没有遇到过这样的人,有他陪伴、见到他太让人愉快、太让人高兴了……可是,荒谬的是,他竟然在车祸中丧生了。他的汽车在结冰的路面打滑了。这就是命运啊……"

一阵沉默。我走到窗边,看着外面的雪。

"还在下吗?"

"是的。"我说。

我慢慢地回到床边。

"就这样。"她接着说,"过去了,已经一年了。过去了就过去了。你在思考?"

"没有。请原谅,我应该说些轻松的事。我有个坏习惯,总是喜欢从自己个人的角度来看问题。"

"不,不,我对你的观点感兴趣,否则早就对你说晚安了。"

我看了看表:

"好了,很晚了。那个房间在哪?"

"没有那个房间。"

"怎么!"我十分惊讶,"没有别的房间了?"

"有啊。我的诊断室,候见厅,我女儿的房间和女佣的房间。我的西班牙女佣做事非常仔细。"

"可是……维达尔知道吗?"

"当然。所以他走的时候才那么生气!别假装孩子了。躺到我身边来,如果你愿意的话,可以躺在被子上,也可以钻到被窝里面来,如果你不那么讨厌我的话。"

"我可以在椅子上睡。"

"那样会很累的。你怕了?怕我?怕你自己?我向你发誓不碰你，我也相信你完全有自控力！"

"你没有别的被子了？"

"有啊，在壁橱里，下面那格。"

我打开壁橱，拿出被子。慕德脱掉了内衣，钻进被窝里，只露出一个脑袋。我也脱掉鞋子、外衣，解下领带，坐在椅子上，裹着被子，把脚伸在矮凳上。慕德睁着眼睛，带着讽刺的目光看着我。

"白——痴！"她说得非常非常轻，我甚至是根据她的口型猜出这两个字的。

我突然站了起来，裹着被子，跑到她身边躺了下来。

"你会着凉的。"

"我知道。"我说，"晚安！"

她关了灯。

天开始发亮了，慕德的头几乎完全蒙在被子里面。一道曙光照亮了我的脸，清晰地勾勒出它的轮廓。我醒了，坐起来，然后坚决地钻进毛皮被子里面。慕德动了一下，转过身来，贴着我，然后搂住我，用一只手抚摸着我的后背。可以听见我们急促的呼吸声……突然，我挣脱开来，半坐起来：

"不！你听我说……"

"不。"慕德也坐了起来，动作没我那么强烈。她气呼呼地甩掉被子，赤身裸体地跳下床，冲向浴室。当她的手碰到门把手的时候，我走到她身后，抱住了她。

"慕德！"

"不！我喜欢有主见的人！"

她从我怀里挣脱开来，走进浴室，"乓"的一声反手把门关上。我听见了淋浴的流水声,便重新穿上衣服。不一会儿,慕德出来了,穿着毛巾浴袍,这时,我正向大门走去。

"你不向我说声再见就走?"

"我去拿大衣,"我说,"别送了,你会着凉的。"

她没有听我说,一直把我送到前厅。

"今天下午你来吗?"我穿大衣的时候,她问。

我没有回答。

"……来吧,否则维达尔会说长道短的……来吧,有风度一点。"

"你真的要我来?"

"并不就我们俩。还有一个女人你可能会喜欢……是个金发女郎!"

"好吧,我尽量吧。再见!"

我握了一下她的手,出去了。

外面,寒冷和白茫茫的雪远没有振作我的精神,但使我的头脑清醒了一点。我为自己的担心而感到羞愧,要么断然拒绝,否则,既然已经开始,为什么不一直走到头呢?但我心想,自己为什么要这样做,原因就不要去深究了,就当自己已完全明白。有一件事情是肯定的:我以后永远不敢再向慕德挑战。她会怎么想我,怎么说我,这我都无所谓。我决定下午不赴约,而是回塞拉,虽然道路积雪,但不会太难。

但一到家,我就改变主意了。昨晚的事越来越固执地萦绕在我的脑际,挥之不去。我想,消除它的最好办法也许就是尽快再见到慕德,跟她说话,好像什么也没有发生过。

我淋了浴,刮了脸,换了远足的衣服,又回到了城里。当我来到若德广场时，我还提早了一刻钟。我走进德塞克斯路的一家咖啡馆，面对着玻璃门坐下。雪中的克莱蒙，在这正午时分，与我平时所熟悉的克莱蒙完全不一样。但它不再是我所陌生的城市了，我已被带进一个圈子，走入了某人的生活。不，是我感到自己已经变了一个人，或更确切地说，我感到自己已无所不能，没有主张，没有原则，没有性格，没有意志，没有道德，什么都没有……

我双肘支着桌子，两手抱着脑袋，思考了好一会儿。突然，有人在我肩上拍了一下。是我在工厂里的一个同事，我吓了一跳，可以说是不由自主地站了起来。

"请原谅，"他说，"我吵醒你了？"

"啊，没有！你好，怎么样？"

"你跟我去蒙多尔滑雪吗？半小时以后出发。"

"不了，"我有点结结巴巴地说，"我……我有约会……"

我没有把话说完，突然，是的，是"她"，是弗朗索瓦丝，骑着她的电动自行车经过了咖啡馆门口。她正向广场驶去。我不假思索地说：

"失陪了。"

我扔下同事，冲到外面，来不及穿羊皮衬里大衣了。我在大街上跑着，穿过广场，一直来到土台上，弗朗索瓦丝正在那里停车。来到离她几米远地方时，我放慢了脚步，慢慢地走过去。她转过身来，我马上说：

"我知道应该找个借口，但任何借口都是愚蠢的。怎么才能认识你呢？"

她看着我，一副不解的样子，没有敌意，但也没有给我台阶下。突然，她露出了微笑，回答说：

89

"你好像知道得比我更清楚。"

"不！否则，我就不会违反我所有的原则，这样跟着你了。"

"违反自己的原则，这可太不好了。"

"我有时会这样。你呢？"

"是的，但我感到遗憾。"

"可我一点都不感到遗憾。如果说我违反自己的原则，那是因为值得。而且，我也没有什么原则。至少在……"

"……认识人的方式上！"

我觉得她对我粗鲁的搭讪方式更多是感到奇怪而不是震惊。我想让她完全原谅我。

"是的，"我说，"我觉得为了一个原则问题而错过认识人的机会，这是很愚蠢的。"

"现在要看看这样做是否值得。"

"很快就会清楚的！……"

我缓过气来。我还穿着毛衣，开始感到冷了。突然，我又感到害羞起来，再也找不到话说了。这时，是她打破了沉默。

"不管怎么说，你不像是一个想碰运气的人！"

"恰恰相反，我的生活由一系列偶然事件组成。"

"我看不出来。"

为了掩饰自己的窘态，我看着她的电动自行车：

"在这种天气里，骑这种车很危险。"

"我习惯了。再说，我只在城里骑，我回家时坐汽车。"

"你住在哪里？"

"索泽。塞拉过去一点。"

"我们什么时候再见面？"

"我们不会再见面。"她说。

"还会吧。"她又笑着说。

"明天吧,你是否愿意……子夜弥撒上我没见到你。"

"我没去。我住得太远了。"

"哦。我们待会儿一起吃饭,你愿意吗?"

"好吧,也许,看看吧。再见!快穿上衣服,你会着凉的。"

她走远了,我跑着回到了咖啡馆。

慕德穿着毛皮大衣迎接我,神情十分放松,好像什么事都没有发生过一样。维达尔带来一个金发女伴,非常漂亮,他正在向她献殷勤,急切得都有点不像是真的。至于我,刚刚得到的幸福给了我一种自信、一种活力和一种快乐,在场的人根本猜不到其中的原因。不过,他们也许没有太在意,大家都在管自己的事。我们在山脚下的一家小客栈里吃中饭,下午开始爬帕里乌山。回来的时候,慕德走在头里,我跟在她后面,另两对人远远地在后面的山坡上玩耍。整个下山过程中,她没说一句话,刚下的雪使人下山非常艰难。

"幸亏你来了,"当我们来到能够看见汽车的地方时,她终于开口了,"否则,我一个人在他们当中会出丑的!"

"你想到我会来?"

"没有,根本没有想到。我从来没有这样高兴过。"

"真的?"

"真的。你完全可以感觉得到!"

我搂住她的肩膀,抱住了她。寒冷使我对这种拥抱毫无感觉。

她就这样蜷缩了一会儿,然后把头往后一仰。我用嘴唇轻轻地触碰了一下她的嘴唇。

"真是不可思议,"我说,"我真的和你在一起了!"

"你和那个金发女郎在一起会更好。"

"哪个金发女郎?维达尔的那个?不,当然不会。"

"在两桩罪行当中,选择轻一些的。"

我又迅速地在她的嘴唇上吻了一下。

"你的嘴唇很冷。"她说。

"你也是。我很喜欢。"

"符合你的心情。"

"是的,我要说,这种吻完全是朋友之间的。"

"但愿如此!"

"你不相信我的友谊吗?"我继续紧紧地搂着她。

"我对你不了解!"

"这倒是真的。我们在一起还不到二十四个小时,而且还中断了一阵子。我似乎觉得我早就认识你。你呢?"

"有可能。我们很快就交心了。"

"我不知道这几天是怎么了。我不断地说话,我需要倾诉。"

"该结婚了。"

"和谁?"

"和你的金发女郎。"

"她并不存在。"

"真的?"

我松开她,两人肩并肩地走着。

"如果我娶你,"我说,"你愿意吗?"

她噘起嘴:

"我不符合条件。"

"什么条件?"

"金发,信天主教。"

"谁跟你说我要娶金发女郎?"

"我想是维达尔吧!"

"他什么都不知道。"

"不管怎么样,你要的是信天主教的女人。"

"这倒是的。"

"你看!"

"我可以让你皈依。"

"不那么容易,尤其是你。"

我又搂住她的肩膀,贴着她的背:

"这么说,行了?你看我们在一起多好。我们俩都非常自在。"

"为什么不呢?你比维达尔好多了。"

"可你不会嫁给他吧?"

"上帝保佑!不过,犯一次错我不在乎。"

"他好像很固执。"

"应该这样。我在想,昨天他是怎么了。说到底,他是为了自我保护才把你投入我的怀抱的。"

我紧紧地搂着她,透过她的双排扣上衣的领子吻她的脖子:

"可我并没有'投入'你的怀抱!"

"你摆脱了,"她说,继续顺着自己的思路,"这样,你的良心就平静了。"

"不管怎么样,它是平静了。"

"哼,哼!"


夜幕降临时,我们回来了。维达尔和他的金发女郎在另一边走,慕德建议我跟她一起吃饭。我同意了,条件是要早走。我陪她去了市场——那天她的女佣放假——帮助她做饭。我们在厨房里的时候,电话响了。

"你知道是谁吗?"她回来时问我,"我丈夫。他真是很好。他刚刚替我在图卢兹找到一个诊所,非常合算……我告诉过你我要离开克莱蒙吗?"

"我想你说过。什么时候走?"

"比我想的要快。也许一个月以后。你不觉得他这样做很好吗?"

"你是说你丈夫?"

"我前夫。他是个很好的人。很遗憾,我们没有共同语言。他出差路过克莱蒙,来看看孩子。"

"他再婚了吗?"

"没有。你为什么这么问?"

"随便问问而已。这么说,你要离开我?"

"是啊!"

她转过身去,在我打着煤气炉的时候切完了蔬菜。我走到她身边,紧挨着她:

"你知道我想起了什么?"我用指头抚摸着她的头发,"我们在一起已经二十四小时了,也就是一整天了。"

"甚至还不到一天!今天上午,你做了对我不忠诚的事。"

我想了一会儿,然后低声对她说:

"我那么不愿意离开别人,真是奇怪。我很忠诚,甚至对你也一样。我不后悔认识我认识过的女人。我无法忘记她们,我不能否认她们。所以,说得绝对点,不该忘记任何东西。应该只爱一个女人,而不是几个,哪怕是柏拉图式的。"

"千万不要柏拉图式的。"

晚饭吃得很快。吃饭时,我一直在渲染这个话题。慕德很机灵，往往让我无言以对，我穷于对付，矛盾百出：

"多亏了你，我才在圣洁的道路上跨出了一步。我对你说过：女人总是有利于我的道德进步。"

"哪怕是在韦拉-克鲁兹的妓院里。"

"我从来没去过妓院，无论是这里的妓院，韦拉-克鲁兹的妓院，还是瓦尔帕莱索的妓院。"

"我是说瓦尔帕莱索。没关系。这对你的生理和心理有好处。"

"你觉得是这样吗？"

"傻瓜！你知道，我所不喜欢的，是你缺乏真诚。"

"我把心都敞开给你了，你还要什么？"

"我不太相信你这种有条件的恋爱方式。"

"我说过，应该只爱一个女人。我不觉得这里面有什么条件。"

"不是这里！我说的是你的算计方式、预见方式和分类方式。必不可少的条件，是妻子必须信天主教，爱情是随后的事。"

"完全不是这么回事。我只是认为，如果想法一致，爱起来会容易些。比如说，我可以娶你。但缺少的，是爱情。"

"谢谢。"

"来自你的爱情并不比来自我的爱情少。"

"真的，你会娶我吗？"

"你是以宗教方式结婚的吗？"

"不是。"

"你看，信不信教，这不重要。我们可以很隆重地结婚。就我而言，我会有点震惊，但我觉得没有任何理由比教皇还更教皇主义。"

"你的耶稣会理论很有趣。"

"难道我不是冉森教徒吗？"

"我不觉得。"

"那就太好了,冉森教派太悲哀了!……"

9点半的时候,我按原计划告辞了。

当我披上外套的时候,她对我说:"说真的,你的性格很开朗。一看到你,我就没有怀疑过。"

"是这样。和你在一起,我感到很快乐。"

"和别人在一起呢?"

"不开心!你不相信?如果我说我跟你在一起很快乐,那是因为我知道我们不会再见面。"

"这真是太好了!"

"我的意思是说,我没有想过我们的未来。让人伤心的就是这一点。"

"我明白了,我明白了。但不管怎么说,我们会再见面的。"

"也许不会,或者见面的机会将很少。"

"你这样说有什么根据?是一种预感?"

"不是,一种十分有逻辑的归纳。你要走了。"

"不是马上。"

"我这段时间会很忙,一大堆事情。"

"什么样的事情?工作上的事情还是感情上的事情?"

"当然是感情上的事情啦!"

我们站在门口。我用双手捧住她的脑袋。

"是真的吗?"她问。

"我喜欢骗你。不管怎么样,你什么都不会知道的。"

"所以这里面有秘密。"

"是的,但愿你能喜欢!"

我把她拉到身边,她把嘴唇凑了过来。我躲开了,吻了吻她两边的脸颊。

"好了，再见了。"我说，"打电话好吗？"

"你先打……"

我上了自己的车。若德广场是单行道，我经过当天上午见到弗朗索瓦丝的土台前面。黑暗中，被路灯隐约照亮的地方，雪花飞舞……这不可能，不会是她！……但好像是她！我停下来，下了车子。正是她。我们面对着面。她吓了一跳。

"是你！"

"你看，今天上午我们还谈过偶然……"

"你大老远就认出我来了？"

"哪怕只有百分之十的可能是你，我也会停下来！"

她微微地强笑了一下：

"现在你看清了！是我！"

我马上说：

"你骑车回家？"

"是的，我没赶上汽车。"

"我送你回家。"

"不！"她连忙说，声音中好像还有一种愤怒，"没必要！"

但我没有听她的。我不由分说地抓起她的电动自行车，把它靠在一棵树上：

"有必要，有必要，这种天气很危险。而且，我是顺路，我送你回家。"

路上，她告诉我她是生物系的大学生，但现在在一家实验室工作，所以，学校放假期间她一直留在克莱蒙。她住在一所已经改成学生公寓的旧孤儿院里。快到索泽时,我们拐上了一个白雪皑皑的斜坡,我马上感到车轮打滑了。我想后退,但车子失控了,横在了路上。我连续试了两三次,结果车头部分掉到沟里去了。只能找拖车了,但在这个时候肯定不可能找到什么人帮忙。弗朗索瓦丝建议我睡在她已经去度假的一个同学的房间里,于是我们扔下车子,向两百米开外的那栋屋子走去。

我们沿着一座破旧的楼梯,一直来到顶楼。弗朗索瓦丝让我先去她的房间,请我喝茶。我提出来给她帮忙。

"我很会煮茶。"我说,"这是我罕见的本领之一。"

她立即抓住了我的话头。车子出事,两人都感到了害怕等等,这些事驱散了我们起初的局促。话题很快就离开了郊区,像昨晚在慕德家里一样,转到了个人的事情上来。水在电壶里烧的时候,我靠在窗框上。房间很小,很不规则,刷过白灰,家具只有必不可少的几件:一张窄窄的床,一张原木桌子,两张垫着坐垫的椅子,几排已被书压弯的书架。但这种简约给人以平静和好客的感觉。

"在你房间里感觉很好,"我说,"就像在自己家里一样。我的公寓里家具齐全,有厨房,但我可以说基本不用。你这里有我住的地方吗?"

她笑了:

"全都是租的。而且,他们只租给学生。"

"也租给男孩吗?"

"租给男孩和女孩。这不是寄宿公寓!"

"我明年也到大学里报个名。你能给我留个房间吗?"

"你在克莱蒙很长时间了?"她又恢复了严肃的口气,问。

"三个月。我在米其林工作。以前曾在美国、加拿大和智利工作过。我有点怕到这里来，但最后我很喜欢这里。克莱蒙不是个悲哀的城市。"

"你说的是地方还是人？"

"地方。人嘛，我不认识。这里的人好吗？"

"我所认识的人都挺好。否则，我就不认识他们了。"

"你认识许多人？"

"不多。其实，我常常一个人过，不过，这是因为环境的关系。"

"为什么？"

"不为什么，完全是因为外部环境。我的朋友们都离开了，这没关系。"

"对我来说？……还是对你来说？"

"对你来说。不过，"她马上又接着说，"你有很多同事？"

"是的，但是，"我露出微笑，说，"我这个人很难交朋友。"

我看着她。她也露出了微笑，脸有点红了，垂下了眼睛。

"我觉得，如果仅仅是因为他是你的邻桌，或你的办公室和他的办公室紧挨着，"我接着说，"就跟他做朋友，这挺傻的。你不觉得吗？"

"从某种意义上来说是这样。但是……"

"什么？"

"没什么，说到底，是这样。你说得对。"

"你觉得我接近你错了？"

"不，我可以打发你走的。"

"我总是很有运气。证明是：你没有这样做。"

"我也许做错了。我是第一次回应在马路上这样接近我的男人。"

"可我也是第一次接近我所不认识的人。幸亏我没有时间考虑，否则我绝不会有这个胆量。"

水开了，我去泡茶，然后我们在桌子的两头坐下来喝茶，继续刚才中断的谈话。

"我一直在谈自己的运气，"我说，"你不感到惊奇吗？"

"你并没有谈自己的运气，至少是我没在意。"

"我谈了！我很想利用这种运气。但我只有做好事的运气，如果我想犯罪，我想我不会成功的。"

她笑了：

"这么说，你没有良心问题！"

"很少。你有吗？"

"我嘛，可以说，恰恰相反。我觉得自己成功的机会比较渺茫。"

"这就是人们所谓的倒霉蛋。这太可怕了。你不相信上帝的恩典？"

"相信，但恩典跟这个完全无关，跟物质上的成功完全没有关系。"

"但我谈的不一定是物质上的事情。"

她停了一会儿，然后加重语气：

"如果我们得到恩典，是为了让我们更有善心，如果这种善心配得到恩典，如果它仅仅是个用来辩解的借口……"

"你太像个冉森教徒了。"

"我根本就不是。与你相反，我不相信预定论。我认为，在我们生命的任何时刻，我们都有选择的自由。上帝可以帮助我们选择，但我要有选择的自由。"

"可我也是，"我说，"我选择了，我的选择刚好都很容易。我发现就是这么回事。"

她张嘴刚想回答，又收了回去。她想了一会儿，好像在犹豫该用什么方式来表达自己的思想。最后，她喝了一口茶，说："选择不一定都是痛苦的，但可能会很痛苦。"

"不，"我说，"你误解我的意思了。我并不是说我选择让我高兴的东西，但凑巧我选择的东西都对我有利，对我的道德有利。比如说，我曾有过不幸。我爱上了一个女孩，但她不爱我，她离开了我投入到别人的怀抱。最后，她嫁给了他而不是我，这很好嘛！"

"是的，如果她爱他的话。"

"不，我的意思是说，这对我来说太好了。事实上，我并没有真的爱上她。另一个男人为了她离开了自己的妻子和孩子们。而我，没有妻子，也没有孩子。但她知道得很清楚，如果我有的话，我也不会为了她而离开他们。所以，这种不幸其实是一种万幸。"

"是的，"这个故事好像让弗朗索瓦丝十分感兴趣，她说，"因为你有你的原则，而这些原则比你的爱情重要。她知道得很清楚，对你来说，选择已经做出。"

"我没有什么需要选择的，因为是她离开了我。"

"因为她知道你的原则……可是，"她接着说，情绪有点激烈，"如果她有丈夫和孩子，如果是她为了你而想离开他们，你就要做出选择了。"

"不，因为我有运气。"

她甚至连笑都懒得笑，而是陷入了沉思。我觉得到了该说"晚安"的时候了。

我的房间和弗朗索瓦丝的房间在同一层，同样窄小，也用石灰刷过，但装饰更用心一些，比如，壁炉上放着卵石、树根和树枝，镜子四周也挂有树枝。我脱掉鞋子，在床上躺下，裹起被子，但没有睡意，于是我又坐起来，抓起头顶书架上的一两本书，随意翻阅起来。我从口袋里掏出一包香烟，然后找火柴。我想起来，刚才把火柴忘在弗朗索瓦丝的房间里了。"这里应该也有。"我想，果然，我看见壁炉上有一盒火柴，但里面是空的。于是，我在小写字台里的抽屉里一个个找。曾经有一张照片引起了我的注意，那是一对年轻的夫妇，笑盈盈的、傻傻的，满怀着希望。我一支火柴都没找到，我不死心，仍然到处找，但找遍了房间的角落也没有。于是我来到走廊上，一道光亮从弗朗索瓦丝的门缝里漏出来……

在这里，我要解释一下，因为我当时产生的念头有点疯狂。我本来可以不抽烟的，火柴不过是个借口。什么借口？我不知道。我已经得到了我所希望的东西，不希望得到更多。如果弗朗索瓦丝那天晚上投入我的怀抱，我会不知所措，会不高兴，因为没有思想准备。那么，我想干什么？什么也不想。也许仅仅想知道自己能到达什么程度，想知道在这之前已经变得复杂的事情什么时候能提醒我要守规矩：就是这样。

我犹豫了很长时间，然后走到门口，敲了敲门。

"进来，"她问，"有什么事？"

"请原谅，"我推开门，说，"我把火柴忘在这里了。"

她正坐在床上看书，一盏床头灯照着她。我不敢看她。

"在壁炉上。"她毫无表情地说。

我拿了火柴就出去了，连头都没有回，只害羞地对她说了句"晚安"，都不知道她是否回答了。她的口气让我心里冰凉冰凉的，不但有蔑视的成分，而且明明白白地流露出一种担忧——担心自己，而不是担心我，其原因，我根本猜不到。但我已隐约感到，她所害怕的正是我所希望发生的事情，她怀疑的，也许正是我的信仰。

第二天上午，我还在睡，她就来敲门了，满脸微笑，但有点嘲笑的味道。

"9点半了。你忘了约会？"

"什么约会？"

"和一个女孩去做礼拜。"

"真的，今天是星期天。我得去弄汽车了……"

我们在房间里匆匆吃了早餐，一边喝咖啡，一边对视着偷笑。出门的时候，当她快活地转过身来时，我靠在她身上，两手按住墙，把她围了起来。我想吻她，但她把头扭开了。

"弗朗索瓦丝，"我说，"你知道我爱你吗？"

"别说这行吗？"

"为什么？"

"你不认识我。"

"我从来不会弄错人的。"

"我会让你失望的。"

她已经推开我的胳膊，夺路而逃。

我的故事可以就此打住了。弗朗索瓦丝让我忘记了一切，从慕德开始。为了问心无愧，我曾给她打过一次电话，但她不在。那天晚上的事，我以为已经淡忘，但有两次，我曾经不得不当着弗朗索瓦丝的面提起，我两次都善意地向她撒了谎。那时，关于那天晚上的回忆又浮现在我的脑海里。

半个月后，我们手拉手在格拉斯路散步，在商店前溜达的时候，突然碰到了维达尔。他像老熟人似的向弗朗索瓦丝打了个招呼。我很惊讶。她好像也感到很不自在。

"克莱蒙很小。"他说，这就是全部的解释了，好像害怕做错事似的。"总之，你真是个坏蛋！都不再跟我联系了。"

"我前天还打过电话给你呢！你不在。"

"我前天和昨天都在图卢兹。瞧，我有个口信给你……"

他扫了弗朗索瓦丝一眼，弗朗索瓦丝正在想什么，好像没有在听我们在说话。

"……我们的朋友走了。"

"她离开了？"

"没有，还没有。我跟她去了一次小小的旅行，作为感谢。我们刚回来。她马上又要走，这次没有我。"

"什么时候？"

"我想是明天吧！事情很快就解决了。"

"她今晚在家吗？"

"我想在吧！"

"我打电话给她。再见！"

"新年快乐！"他又用带有嘲讽意味的目光扫了我们两人一眼。

我没有打电话，也没有对弗朗索瓦丝提起慕德。她呢，只对我在美洲的生活好奇，而我最近发生的事情她好像并不感兴趣，也没有问我维达尔和我刚刚提到的那个共同的朋友是谁，反而是我问她是怎么认识维达尔的：

"你认识他？"

"是的，他是大学教授。"

"你不是学哲学的。"

"你知道，克莱蒙很小，"她也说了维达尔说过的这句话，"不管怎么样，我们不是太熟。他是你的朋友吗？"

"中学同学。你对他有什么不满的？"

"没什么。我们认识一点，仅此而已！"

我觉得她不愿意谈这个话题，便没有追问。其他更重要的问题吸引了我的注意力。我无法理解弗朗索瓦丝为什么仍然那么保守，是愚蠢的害羞还是对我没什么感觉。但我通过许多迹象猜到她对我的感情和我对她的感情一样温柔和热烈。显然，她克制着自己，不想向我承认，她这样做有许多她不敢挑明的具体理由。我所有的爱情表白，她都板着脸笨拙地加以抵制，却掩饰不住内心的兴奋，并且为自己不能回应而感到失望。从某种角度来看，她的疑心极重，受不了我对她的过度赞扬，尤其受不了我对她说——这我愿意到处大声地说——她对我来说是唯一的、难以替代的，总之，是完美的、让人渴望的、不可思议的。我这样做并不仅仅是由于谦虚。

一天，我们在俯瞰着克莱蒙城的山上散步，下雪了，雪花很密。我凝视着这座城市，凝视着它的钟楼、工厂和消失在低空中的黑烟。与弗朗索瓦丝的相遇使我中断了与别的城市的联系，从此，我不再像以前那样一直感到自己在流放，而是觉得自己在世界的中心，找到了自己真正的位置、真正的人格和真正的女人……

"我好像觉得我们早就认识了，"我对弗朗索瓦丝说……"你不觉得吗？"

"我很愿意。"她有点不耐烦。

"你很愿意什么？"

"很愿意我们早就认识。"

"可我确实早就认识你！一见到你，我就觉得很熟悉，觉得你认识我。毫无疑问。"

我靠近她，把她搂在怀里，但我感到她的身体很僵硬。

"有的感觉是虚幻的。"她说着试图从我怀里挣脱出来。

我拉住她：

"如果我弄错了，算我活该！况且我并没有弄错。"

我托起她的脸，试图吻她，但她躲开了，用手推开我。我又搂住了她：

"吻我。"

她挣脱了，往前走了一步。

"你就不能吻我吗？你怎么了？"

"没什么。"

"我不知道怎么回事，觉得你有点怪怪的。"我说，没有挪动地方。

"不，我很正常啊。"

她一副赌气的样子，手在神经质地颤动着，绞着自己的围巾。

"听着，弗朗索瓦丝。我三十四岁，你二十二岁，我们就像是十五岁的孩子。你不再相信我了？难道我不是个严肃的孩子？"

"你是个严肃的孩子。"

"然后呢？"

她停了一会儿，然后一字一句地说：

"我有个情人。"

她没有转过身来。

我结结巴巴地问：

"你有……现在？"

"总之，我有过，在不那么遥远的过去。"

我轻轻地走到她的身边:

"可是……你爱他?"

"我爱他。"

"他是谁?"

"你不认识的,"她露出一丝微笑,"放心吧,不是维达尔。"

"是他……是他离开你的?"

"不是,比这复杂多了。他已经结婚。"

"哦,是这样!"

我的语气很严肃,弗朗索瓦丝抽泣起来。我让她哭了一会儿,然后说:

"听着,弗朗索瓦丝,你知道,我非常尊重你和你的自由……如果你不爱我……"

"不,我爱你。你疯了!"

"我的意思是说,如果你不肯定是否爱我。"

"可我爱你,我爱的是你!"

"他呢?"

"我爱过他,爱得发疯。我完全可以告诉你说,我已经忘了他,但不管怎么样,我们是无法忘记自己爱过的人的。就在遇到你之前,我还见过他。"

"你现在还常常见到他吗?"

"不,他离开了克莱蒙。已经结束了,我可以告诉你,我们再也不见面了。放心吧,已经结束了。"

我爱怜地用一只胳膊搂住她的脖子。

"听着,弗朗索瓦丝,我们可以等到你愿意的时候。现在,如果你觉得我没有以前那么爱你了,觉得我因为这件事没那么尊重你了,那你就错了。首先是因为我没有权利那样做。而且,我完全可以这样对你说,我很高兴。真的,以前我在你面前感到很尴尬。我也有过艳遇,有的持续的时间还很长。现在,我们俩扯平了!"

"是的,但她们没有结婚。"

"那又怎么样?"

"美洲很远啊!"她说,露出了一丝微笑。

"好吧,我告诉你一个秘密。就在我们相遇的那天,我早上才从一个女孩家里出来。我和她睡了觉。"

这句话让弗朗索瓦丝想了一会儿,然后,她突然站起来,脸色平静下来。她擦干眼泪:

"希望我们以后不要再说这些事了……你愿意我们不再说这些事吗?"

第二次提起这事,那是五年以后的事了,在布列塔尼,我偶然遇到了慕德。当时,我和弗朗索瓦丝以及我们的大儿子正要去沙滩,在小路拐角的地方,我迎面碰到了她。她的皮肤晒成了古铜色,头发随风飘扬,显得比以前更漂亮、更年轻了。我想把妻子介绍给她。

"可我们认识,"她说……"总之见过。祝贺你们……为什么不给我寄张请帖呢?"

"我不知道你在图卢兹的地址。"

"你本来可以在我出发前打电话给我的。"

"我想我打了。"

"别撒谎了。我的记性好得很呢!你卑鄙地把我给甩了……不管怎么说,你做得对。"她补充了一句,并朝弗朗索瓦丝的方向友好地笑了笑。

可弗朗索瓦丝感到很不自在,想找借口走开。

"他想去玩,"她用手抓住儿子,说,"请原谅……"

"喂,怎么是她!"当弗朗索瓦丝走到听不见我们说话的地方时,慕德惊讶地说,"太离奇了!我应该想到的。"

"她?"

"是的,你的妻子弗朗索瓦丝。"

"可我从来没有跟你说过她!"

"怎么会?你的未婚妻,金发的,信天主教。你知道,我的记性好得很!"

"我怎么可能跟你说起过她呢,因为那时我还不认识她!"

"为什么要撒谎?"

"我是在第二天认识她的……前一天晚上我去了你家。"

"晚上?你是说夜晚,我们的夜晚。我一点都没有忘记。你不断地跟我说起她……"

"是的……以某种方式!"

"她跟你说起过我吗?"

"没有。为什么?"

"不为什么……我看,你一直在故弄玄虚。好了,过去的事情就让它过去吧,不要再提了。这一切都过去很久了!"

"不过,你什么都没有变,这太令人不可思议了!"

"你也没变。"

"可我觉得已过去很长时间了。"

"并不比别的事情更长,总之,不比什么事情长……对了,你知道吗,我又结婚了?"

"祝贺你。"

"没什么!不顺利,现在不顺利。我不知道怎么办,不过,在男人方面，我总是很失败。"

她露出一丝凄凉的微笑：

"……再次见到你非常高兴，尽管我因此知道了……好了，我看出来了，讲这件事让你感到很为难。"

她向我伸出手来：

"好吧，再见！"

"你在这个地区会待很久吗？"

"不会，我今晚就走。"

"你还会来克莱蒙吗？"

"不来，永远不会再来。你呢，来图卢兹吗？

"永远不会去。不过，谁知道呢？也许五年后吧！"

"是这样：五年之后。快走吧，你的妻子以为我在跟你吵架呢！"

我来到了弗朗索瓦丝身边，她正用光脚丫玩沙子。见到我，她突然站起来，满眼恐慌，好像在询问我，然后低下了头。

"她向你问好，"我说……"她今晚上船，和她丈夫一起走。很奇怪啊，我不知道你们认识……"

听到这话，她惊讶地扫了我一眼。我接着说：

"她离开克莱蒙的时候，我还不认识你呢……哦！……我刚刚认识你。她说我们都没有变。她也没变……"

为了掩饰自己的慌张，弗朗索瓦丝抓了一把沙子，让沙子在指间慢慢地漏下来。我不知道说什么才能让她打破沉默。

"……很怪啊，"我又说，"我五年没有见到她了……真不可思议，人基本没怎么变！我不能假装不认识她！而且，她是个挺给人以好感的女孩……你知道，当我遇到你的时候，我刚刚从她家里出来……不过……"

我想说"什么都没有发生"。就在这时,我突然明白过来,弗朗索瓦丝之所以慌乱并不是因为她知道了我的什么事情,而是猜到了我知道了她的什么事情,发现了——直到现在才发现……但我却说:

"那是我最后一次偷闲。奇怪得很,偏偏遇上了她。你不觉得吗?"

"我倒觉得这很有戏剧性。不管怎么样,很久了,已经是很久以前的事了。我们说过,不要再说它了。"

"是的,"我说,"这没有任何意义。我们去游游泳?"

我抓住她的手,两人一起朝着海浪跑去。

## 四 女收藏家

## 艾黛

艾黛有张圆脸，颧骨突出，蓝眼睛大大的，鼻子高挺，嘴唇很肉感，很好看。她的脑袋很小，肩很宽，方方正正的，胸脯又高又圆，肚子扁平，腰很细，细得像埃及女人的腰。她的大腿修长而丰满，膝盖灵巧，脚踝灵活，说明她的步伐很有弹性。她游泳很棒，跑步赛得过小伙子。

## 达尼埃尔

达尼埃尔——达尼埃尔·波默罗尔也是我们这个故事中的主要人物——是20世纪60年代扔掉画笔去制造东西的那些画家之一，[1] 评论家阿兰·儒弗洛瓦把那些画家叫做"做东西的人"[2]，

---

[1] 也就是说，除了波默罗尔以外，还有雷诺、阿尔曼、斯波里、库多。——原注
[2] 从20世纪60年代起，法国艺术家们创造了一些新的艺术形式，主要是装置艺术，使用塑料、霓虹灯管，或采用电影或是摄影等媒介。

并以此为题目，在《四方》杂志上写了一篇关于他们的文章。那是在1966年，儒弗洛瓦正在达尼埃尔家里做客。他喜欢达尼埃尔的一件新作品：一小罐黄颜料，上面绑着几张刀片。他拿起这件作品，在手中转动，评论说：

"每个人都应该把自己逼到尽头。不把自己逼到尽头的人就像凡尔赛分子。把自己逼到尽头的人肯定是被包围的人，肯定是好斗的人……绝好是个完美的东西。不可能再好了。这是独一无二的，不用什么基础，周围是……比如说，这东西……"

他割了自己一刀，食指上渗出一滴血。

"……被自己的思想割了，就像被刀片割了一样。无法忍受：这就是证明！"

达尼埃尔笑了：

"这是故意的。"

"你喜欢别人在你的颜料罐上面割破自己的手指吗？"

"喜欢，但不喜欢你割。你是一面刀刃，你没必要割自己。"

"我并不怕割自己。我只跟危险人物来往。你让我想起了18世纪末的那些人，他们是多么潇洒。他们非常注意自己的外表和对别人造成的影响。这已经是革命的开始了：他们的翩翩风度在人物四周创造了一种空白……"

他看着达尼埃尔。达尼埃尔穿着一件海蓝色衬衣，系着鲜黄色的针织领带，扬扬得意。他接着说：

"……你的人物四周的这种空白，也是你自己创造的，是你用自己的物品创造的，但你也完全可以不要这些东西。刀片就是语言，也可能是沉默……可能是风度：某种黄色的东西……

# 阿德里安

要描述阿德里安和他的世界，就让我们到乡下去，到鲁道夫家的花园去。鲁道夫与这些事无关，所以，尽管我们在讲述这个故事的过程中几次提到他，但我们只知道他的名字。

当时是在6月初，树叶还很苍翠，鸟儿在树上尖叫。阿德里安正在跟两个很漂亮的女人在说话，她们和他一样，衣着简洁考究，长发披肩，一个是金发的，另一个是棕发的。为了对奈瓦尔[1]表示敬意，我们就叫她们热妮和奥莱丽娅吧。

他们在谈论爱情与美，两个女人的观点截然相反。奥莱丽娅认为，我们之所以喜欢某个人，是因为觉得他美；而热妮则认为，人们之所以觉得他美，是因为爱他。阿德里安倾向于第二种观点。

"一个男人有可能很丑但很有魅力。如果你爱他，你可以自动把他的丑变成美。"

"我认为，"奥莱丽娅说，"如果某个人丑，他就不会有魅力。他什么都不可能，他马上就完了。"

"他什么完了？"热妮问。

"他什么都完了！哪怕是很表面的关系。哪怕是和他喝五分钟的酒。我做不到。如果他很丑，我扭头就走人……你可以和你觉得很丑的人保持友谊吗？"

"可美与丑不会影响我的友谊。如果我对某人好，我就不会觉得他是美是丑。"

---

[1] 奈瓦尔，19世纪法国诗人，著有散文诗《奥莱丽娅》等。

"友谊不是在五分钟内建立起来的,必须互相见许多次。你怎么能跟你觉得很丑的人见很多次面呢?如果是我,我会逃走。这是不可能的事!"

"这不是丑不丑的事。在众多漂亮的人当中,只有除了漂亮之外还有别的东西的人才能引起我的注意。如果我看见某人除了美还是美,我会感到厌烦。"

"我所说的美,不是指希腊美,绝对的美是不存在的。要让我觉得美,有时他必须要有一点小小的东西:鼻子与嘴之间的一点东西,可能就足够了。"

"这么说,"阿德里安说,"谁都有机会让你喜欢。"

"不会!"

"至少有一次机会。"

"啊,不!悲剧就在这里。我觉得美的人很少,这使我的朋友少得可怜,因为,当别人让我感到讨厌的时候,我就不再见他们。然而,由于有不少人让我感到厌恶……"

"你永远不会改变自己的观点吗?"热妮问。

"不会。比如说,如果我去某人家里吃饭,我问的第一句话不是'他是干什么的?'而是'他漂亮吗?'"

"长得丑的人,"阿德里安说,"不可避免地要遭到谴责?"

"是的。"

"放在火炉里烧?"

"是的。他们活该。丑,是对别人的一种侮辱。人要对自己的模样负责。比如说,鼻子是不是动,要看你说话的方式;人是不是老,要看你思考的方式。而且,我所说的美,不是指静态的美:动作、表情和步伐,这些全都包括在内……"

傍晚，阿德里安和热妮温柔地搂着，在花园深处散步。夕阳西下，照在附近森林的树尖，树影拉长了，光线也没那么强烈了。

"你准备在伦敦待多长时间？"阿德里安问。

"至少五个星期。"

"拍时装照片不会占据你所有的时间吧？"

"不会。不过，我要见很多朋友，我很喜欢7月的伦敦。"

他们停下了脚步。阿德里安站在她面前，她搂住了他的脖子。两人互相对视着，然后久久地拥抱着。热妮后来终于挣脱开来，原地转过身去，低着头，若有所思。

"你不如来海边，"阿德里安说，"鲁道夫把他的别墅借给我了。"

"不管怎么样，我要做的事情太多了。"

"你刚才还说事不多，至少来待几天。"

"没必要。你为什么不到伦敦来呢？"

"我到那里做什么？"

"你在海边做什么？"

"我要为我的生意见一些人。"

"什么生意？我从来没有真的相信过你的生意，你知道。"

"我得去参加一场拍卖，吸引一个投资人，他专门收集中国的古董，想给我的画廊投资。"

"你不相信在伦敦能找到更有趣的人？"

"我只见严肃的人，只做严肃的事。而且，你来了就会知道的。"

"我不来。"

"为什么？"

"因为我们两人当中必须有一个人要不时做些严肃的事情。"

"可我是认真的！为什么我们能在一起的时候你老是要走？我希望你能来。非常希望。"

"你为什么不去伦敦？"

"我说过了，我不能够。"

"好吧，既然如此……"

突然，热妮离开了阿德里安，朝公园高处走去。阿德里安看着她，没有反应。过了一会儿，他自己也走了上去，无动于衷地经过热妮面前。热妮已经坐回自己的椅子，紧挨着奥莱丽娅。阿德里安走进屋子的大门，上了楼，一直来到最高一层。他在空荡荡的房间里走来走去，想好好想想。他盯着几个不同摆设的小玩意儿，像是行家似的。最后，他来到一个房间，房门一推就开了。他在五斗橱上看见有个1925年的全裸小雕像，便伸手拿起来，从各个角度反复察看。一架飞机正从屋顶经过，嗡嗡声遮住了别的一切声音。但当飞机飞远时，他觉察到房间里有"吱嘎吱嘎"的声音和呼吸声。阿德里安扭过头：房间里有对男女，正在床上。他尴尬地边走边退，但他的目光与一个女孩的目光相遇了……

## 阿德里安的故事

我一到，达尼埃尔就向我宣布了一个坏消息：这里住了一个女孩，是鲁道夫邀请来的。她有可能影响我们的休息。

"你说什么？马伊黛？"

"艾黛。"

"不认识。不过,我总是漫不经心,好像所有的女孩全都一样。那是个什么样的女孩?"

"傻大姐,圆脑袋,短头发……挺可爱的。"

"她在这里睡吗?"

"应该是的。她蹭来蹭去,有时带人回来……"

我曾希望一个人待着,但达尼埃尔的出现并没有让我感到有任何压力。我一年到头都没有时间观念,正想给自己制定一个规则呢!

我的房间看起来像修道院,在屋子的顶楼,只有一张铁床,很适合我。首先,我起得很早。我往往彻夜难眠,所以总是熬着夜见到黎明。现在,我可是早早起来在早上看书,像地球上所有的人一样,正常地醒来和开始。这种感觉既让人振奋,又令人压抑。

在白天的三分之一时间里,改变生活节奏,以便让自己在晚上筋疲力尽,不再想出门,这很重要。可我要忙些什么呢?什么都不做就可以了。有一次,我想外出正儿八经地度假,因为别人停止工作的时候就是我开始工作的时候:晚上,周末,在海边,在山上。

但那一年,我只对一件事情感兴趣,也就是我的画廊。在它面前,一切都消失了,准备阶段已经结束,我只需等待。所以,十年来,我第一次几乎无事可做。我真的想什么都不做,也就是说,让我自己无所事事到极点。

鲁道夫的别墅是一栋18世纪末外省风格的贵族别墅,三层,下面有平台,三角楣上有小圆窗。别墅位于一片小树林的边缘,已经很破,门拱已经半塌。有条弯弯曲曲的小路穿过树林,通往一个小海湾，那里有片沙滩。在早上的这个时候，沙滩上空无一人。除了海浪的声音和知了的叫声，没有其他声音。我沉浸在往事之中，想让它驱散现时的杂念。

我甚至想不再思考。我终于一个人在海边了，远离海上的船只和沙滩的喧闹，实现了童年时代一个很宝贵的梦想，尽管这个梦年年都在变。我希望自己看海的目光越虚无越好，排除画家或自然学家的所有好奇。因为，如果我顺着自己的爱好，我会毕生都用来收集东西和采集植物，我会全身心地迷恋于光与影在紫罗兰和棕色蕨草之中的运动，然后洗个海水浴，好好地睡上一觉。我喜欢全身放松，在水面上漂浮，能少动就少动，海湾里小小的激流把我带到哪里就到哪里。这种慵懒和完全自由的状态好像是要延续我在这个季节第一次接触大海所产生的欣悦。我很想在整整一个月的时间内，让我的思绪在同一个模子里流动。

所以，除了达尼埃尔之外，别的人的出现都会让我受不了。世界上唯一一个我愿意让她留在我身边的女人并不在。我做出决定，把对她的思念抛得远远的——我想是永远抛开——这并不太难。但我尚未能够原谅另一个女人的出现，更不要说是一个受朋友鲁道夫保护的可怜的小女孩。

我想劝达尼埃尔服从我的规律，但没能做到。他非要在我洗完澡、认为一天差不多已经结束的时候起床。剩下的时间，我坐在平台前一棵大橡树的阴影下看书。我随便抓起一本手头的书：" 七星文库"中的《让－雅克·卢梭全集》第一卷。这个用来读书的地方让我的同伴很生气，他在继续寻找没有价值的东西，虚空的东西，他的方式直率和粗鲁多了。在这一点上，我不得不把他当作是个大师。

"真的,"他对我说,"你什么都不做?"

"什么都不做。"

"真的什么都不做?"

"完全不做,绝对不做。我自从到了这里以后就什么都没做过。我做得越来越少。我最后要达到一无所事的地步。"

他来到我身边,躺在树根旁,目光迷茫地望着头顶巨大的树冠:

"这太难了。必须用心,而且必须非常细心。"

"但对我来说,这是再自然不过的事了。这是我的爱好。"

"是的,但顺从自己的本性比违背自己的本性更令人讨厌。而且,你并不是什么都不做:你在看书。"

"可是,如果我不在看书,那就是在思考,深深地思考,这是最艰苦也是最烦人的事情。我觉得自己总是想得太多。一本旧书,我会根据旧书的角度来思考。我最不愿意的,是根据自己的角度来思考。"

"是的,人的一生中只有三四个真正的思想。永远在思考的人并不存在。"

"是这样。我什么都不思考。如果我找到一本旧书,我就读。如果是卢梭的书,我就读卢梭的书,但我也完全可以读《唐·吉诃德》。如果我遇到一个女孩,她又很漂亮,我会接受她,尽管我现在一点都不想跟女孩有什么事。"

"如果艾黛上了你的床呢?"

"谁?啊,是那个女孩!她上过你的床?"

"没有,她总是很忙。尽管在一两天内,她会非常忠诚……"

我到达别墅三四天以后的一个晚上,半夜2点,我被一个声音惊醒了,隔壁房间里的脚步声和水龙头声。由于那噪音持续不断,我不得不捶打隔墙,要他们安静点。第二天,快到正午的时候,我洗完海水浴回来,看见一个女孩站在窗前,旁边有个和她年龄差不多的男孩。后来,过了一段时间,当我在树底下看书的时候,他们下楼去了草坪。根据达尼埃尔的描述,我还以为她不是我在鲁道夫家里瞥见的那个黏糊糊的、令人恼火的女孩。这个女孩只是发型跟她相像,远远看去,她的脸我一点都不熟悉。我看人确实很没本领,可这又有什么关系呢?因为,照这样发展下去,我绝不可能与她和平共处。事实上,她正专心地用小石子扔向在花园的草地上啄食的母鸡。每当她击中一只鸡时,她便发出一阵狂笑。有块石头扔得太远了,滚到我的脚边。我皱着眉,生气地扭过头来,她模糊地做了个请求原谅的动作。

但她已经认出我就是几天前在鲁道夫乡下的别墅里闯进她房间里的人。

我来到平台上吃中饭时,重新见到了她。"我们见过。"她说,神态非常自然。达尼埃尔和我马上就开始当着艾黛的面,损起那个叫"查理"的小伙伴来。艾黛一副嘲讽的样子。

由于他问我"在生活中"是做什么的,我回答说我是医生,眼科专家。不要到廉价商店去买眼镜,最好还是买达尼埃尔那样的眼镜,蓝色的,小小的,铁架的:

"你知道,随便买蹩脚货是很危险的事。"

"可这不是蹩脚货!我花了一万五千法郎,它们是'偏振片'!"

"是的,"我坚信不疑地说,"'偏振'是一种完全过时的理论。今天,我们又回到了过去的理论,抵挡阳光唯一有效的办法是颜色。有两种颜色能够过滤有害的光线：蓝色和品红色。"

我把达尼埃尔的眼镜递给他，他非常认真地戴了起来：

"'品红色'是什么色？"

这太滑稽了，我们三个人都大笑起来。我以为他会甩门而出，谁知他一直等到吃完甜点，才用摩托车载着艾黛走了。

第二天晚上，那噪声又响起来了。我听出了那小伙子的声音。"安静，小姐！"我拍着墙，大声喊道。我发誓这是最后一晚了。第二天，快到中午的时候，当"查理"来到平台上的时候，达尼埃尔迎上去：

"老兄，有人请你搬出这个地方。"

对方转过背不理他：

"我不想跟你们打任何交道！我不认识你们！"

这时，我也走了出去：

"先生，你打搅了我的休息。你总不会不讲道理吧？"

我抓起他放在地板上的毛衣，朝他扔去。他转向达尼埃尔，达尼埃尔一副咄咄逼人的样子。这时，艾黛出现在门口，看着这情景。他快步向她走去：

"我们走！我父亲一个星期后才回来。去我家！"

"不！"她露出一丝诚实的微笑，说。

"为什么？"

"我说了：不！"

"你总不至于要跟这些夏尔洛[1]待在一起吧？"

"我就是要跟他们在一起！"

他盯着她看了一会儿，好像想肯定她不是在开玩笑，然后

---

1 卓别林在电影中塑造的流浪汉形象。

耸耸肩，头也不回就走了。他一消失在楼梯间，艾黛就冲向已放好早餐的铁桌。她倒了一碗茶，递给我，这种屈从的动作好像是祖传似的。

她学乖了，不再邀请任何人。晚上，8点以后，她最多就是打打电话。她往往黎明时分我起床的时候才回来。陪同她的不一定就是前一天晚上来找她的那个小伙子。然而，有一天晚上，她要找司机，求我帮忙了。

"你能开车送我吗？"

"去干吗？"

"我有约会。"

"和谁？"

"你不认识的人。"

"下次记得找个有车的。"我坐在平台上，对她半侧着身。她一直走到客厅门口，站在那里，不知所措。

"你真的不能送送我吗？"她又问。

"我能，但我不愿意。"

她做了个厌倦的动作，要回房间。我叫住她：

"艾黛！"

"什么事？"

"我可怜的人儿，我觉得你太缺乏风度了。你看，我和达尼埃尔在道德和简朴的生活中找到了幸福。"

达尼埃尔坐在沙发上，面对着一堆漫画，温柔地扫了她一眼，这一眼竟然使她笑了起来。

"及时行乐吧！"她想嘲笑人，但这种口气好像没有达到这一目的。

"你明天7点去海里游泳吗？"我接着问。

"为什么不呢？"

她向达尼埃尔借了几本漫画，然后坐在椅子上看了起来。

第二天，当我敲她的门时，她已经穿戴完毕，等着跟我走了。她听懂了我的话，这让我感到吃惊，但并没有让我太不高兴。我得说，情况明朗了。她像达尼埃尔一样，也将分担我的一部分孤独。既然她也在，不妨占有她，所以我突然变得诚恳和友好了。然而，我知道，她的期望与我完全相反：她希望我一半鲁莽一半正式地追求她。我过去老这么干——当然，是和别的女孩。不过，几天来，我们三个人相处甚好，非常尊重彼此的时间安排，让大家都能在家里完成自己的任务。艾黛表现得像个十分活泼的女孩，非常机灵，很快就适应了我们的好恶，却又没有因此而影响我们的风度和怪癖。

然而，在这种关系中有一种不协调的东西，尽管艾黛十分巧妙地掩饰，但没有逃过我的眼睛。我想（不管是不是对）是她的一种伎俩。她的这种保守态度显然很让我生气，于是我冒险加快了步伐。由于担心自己会不知不觉地屈服，我孤掷一注了。一天，我故意装出笨嘴笨舌的样子，生硬地对她说了不该说的一切。

当时我们正在外面兜风，我在树林边停下我的吉普车，拿了一张床单，把它铺在小灌木上，让穿着短裙的艾黛坐在上面，而大腿又能不被草木刺着。我坐在比她低矮的地方，用一只手抚摸着她的腿肚子，开始了折磨人的开场白。

我指着小路那头的葡萄树说："普罗旺斯的酒是世界上最难喝的酒，很糟糕！不过，我不喝酒了。人们总是错误地喝自己不喜欢的东西，接受自己不喜欢的东西，见自己不爱的人。这可以说是最不道德的事情。总之，我最大的错误，就是想证实自己最初的印象。比如说，我知道，一个女孩，如果我不喜欢她的鼻子，我会对她的大腿无动于衷。"

"那就别再碰了！"她用庄严的声音说，并把大腿缩了回去。

"而且……"我接着说。

"什么？"

"听着，艾黛，我不想让你痛苦。如果你追我的话，我会感到为难的。"

"我没有追你呀！"

"追了！如果一个女孩对我感兴趣，我心里会很清楚。在其他场合，你可以拥有我：我很软弱，而且太乖了。人必须讲道德。当我想起你，想起要跟你睡觉时，我看到的全是你的缺点。不过，你还是有优点的嘛。"

"你这样认为？"

"你最好去进攻达尼埃尔。他当然比你强很多，但他的道德观念比我灵活。"

"好像世界上只有你们两个人似的，"她的口气还是那么平静，没有一点敌意，"这世界可不缺男人！"

"我知道，艾黛，喜欢你的人多了去了。我们有着同样不幸的遭遇……"

显然，我没有击中目标。我想得出来的话，甚至是最让人生气、最可笑的话，她都无动于衷。我只是一个她答应接受（至少我是这样认为的）的东西，她对我早有定论，认为我身上的一切都不会影响我的价值，不管是好的影响还是坏的影响。

于是，除了躲避我没有别的办法。早上，当她还在睡的时候，我就蹑手蹑脚地离开了房间。正当我在一个个小海湾闲逛时，她突然出现在岩石顶。但是，这种捉迷藏式的小把戏，不但没有让我得到我所喜欢的空虚，反而让我的生活有了悲剧成分，让之失去了平衡。我被迫对她越来越感兴趣。在这方面，达尼埃尔想出了许多很坏的点子，他神神秘秘的态度让我更胡思乱想了。

"哎，"我有一天对他说，"帮我一个忙。"

"我很愿意把她扔出门外。"

"不是这样……达尼埃尔，你要了她！"

"行行好，你自己要吧！"

"这是我请你帮的一个忙。"

"不，不，老兄，这种忙我永远不会帮的。和她睡觉吧，要是我，我会毫不犹豫。"

"那就上吧，毫不犹豫地上，老兄！"

"哦，不！我再也不想做任何努力。你知道，即使我愿意，我也不肯定是否能行。"

"你不会告诉我你无法跟那个风流小女子一刀两断吧？"

"不会！我早就决定不再追任何女孩了，我已经被弄得筋疲力尽了。而你呢，既然她是冲着你来的，你就要了她。她确实很迷人啊！"

"一点没错。这类丧失理智、大家都能跟她狂欢的女人，我受够了。我讨厌跟别人分享这些女孩。这会让我感到压抑。"

"啊！我对这种邪恶的事仍然感兴趣，但和这种又胖又无风韵的小女人没有任何关系。"

"你听我说！"

"她不想要我。"

"严肃一点吧，达尼埃尔！……"

"可我是当真的！一个男人，他的女孩越多，我便越觉得值得怀疑。重要的不是取悦于人，而是让别人不喜欢你。我喜欢这样。没有成为她的收藏品，我感到非常高兴！"

"你就不能为我努力一下？"

"哦，够了！"

"达尼埃尔，我的兄弟，你想溜！……"

尽管我有时喜欢隐居，但我并没有完全与世隔绝。一天晚上，我接受邀请去参加晚宴。我得承认，这次外出尽管有商业方面的原因，但我最初那些日子的信誓旦旦已经敲响丧钟了。我在这方面的主张已经很清楚，我开始琢磨自己的错误有多大。吵架并没有发生在我和那个女子之间（如果说那就是吵架的话），而是发生在达尼埃尔和我之间。他指责我们讽刺人，而且还遮遮掩掩。黎明时分，在回来的路上，我预感到有人在这场游戏中作弊，我缺少一张大牌，比如说，这个时候，我发现了一个让我意想不到的明确的事实……艾黛并不在自己的床上，而是在达尼埃尔的床上。我透过半掩的门看见四条腿缠在一起。

第二天，达尼埃尔公开跟那女孩赌气了，与其说是为了迷惑我——因为他不相信我发现了——不如说是想让我吃惊。是她为这场新的进攻付出的代价，她比进攻我的时候干脆多了，这让我感到很生气。

现在，她对我们两人都那么冷淡，不得不恢复旧习惯，晚上又出去了。于是，公然对抗的时期开始了，也许，我们俩都有本领找到更好的办法来对付。我喜欢充当公诉人，达尼埃尔则施加压力，断然决然。至于她，她成了一个出色的辩护人。

"我找到了一个词来形容艾黛了，"我说，"'女收藏家'。艾黛，如果你这样随便跟人睡觉，你就是最卑鄙的人：可恶的天真少女……现在，如果你还是用这种方式不懈地收集，一句话，如果这是个阴谋，事情就会彻底变化。"

"是的，"达尼埃尔说，"可她收集得很差。"

"我不是一个女收藏家！"

"别这么说。这是你唯一的优点。"

"这完全不对。我在寻找，我想找到点什么东西。我可能误会了。"

达尼埃尔冷笑道：

"她不是收集，而是找到什么就拿什么。而且，她不知道避开是什么意思。"

"她不知道，我来解释吧。她收集的也许是任何东西：重要的是，我从中获得了什么东西。"

"艾黛，"他接着说，"你捡吧，最后你会得到一大堆。这会倒塌的，因为后面是空的。"

"你也在收集！"

"我嘛，我是个粗人。如果说我跟你睡过觉，那也是没有任何企图的。"

"这完全不符合逻辑：你指责我什么都要，你呢，你吹牛！"

"你不是个粗人，你没有权利像粗人一样做事。我可以！我总是要在什么地方破坏些什么东西。我有没有跟你睡过觉，这完全是同一回事。我见到你的那一刻就跟你睡过觉了。"

"你是在什么地方第一次见到她的？"

"她跳舞的地方。你呢？"

"她做爱的地方。她在床上和一个家伙在做爱，真正意义上的做爱。我推开了房门，还以为里面没人呢！"

"所以嘛，你看，你跟她睡过觉。所有的男人都跟她睡过觉，这个婊子！这也就是说，收集者，确实是个很可怜的人，收集者只想着越多越好，从来不会只满足于一种东西，而是永远需要一大堆东西。我们离纯洁太远了！重要的是消灭，是消除。收集与纯洁是两个不同的概念……"

艾黛那天至少让我好奇。总之，她是我的兴趣的真正焦点。这个女人，我起初拒绝她，后来接受了她，把她当作是背景的组成部分，现在，她成了中心，慢慢地把达尼埃尔推到后景中去了。有一天晚上，她待在屋里，我邀请她出去。她同意了，并且想拉达尼埃尔一起去，达尼埃尔拒绝了。一晚上什么事都没有发生，遇到的大部分女人都成了我的女舞伴的陪衬。后来，随着时间的推移，我又失眠得心烦，便慢慢地听之任之了。由于我们都没有睡意，我便建议她回去之前上山兜兜风。如果艾黛想做一件事，我想，她会做得很好。她是不是想征服我，想不惜一切代价让我成为她的收藏品？她这样做完全有道理。可以说，自从我们认识以来，跟踪她的态度和行为——当然包括他和达尼埃尔的事——是让我对她感兴趣的最有效的（如果不是最快的）方式。所以说，她达到了自己的目的（假如说这就是她的目的），我想，这是我十分愿意接受的。

回来的时候，我们已经决定到我们常去的小海湾游泳。我冒着风险，想在那里看看我打下的基础是否牢固，我重新挑起了关于达尼埃尔的话题。

"你知道，"我用十分友好的口气对她说，"重新拥有是很容易的事。"

"我对他已经不感兴趣。"

"他绝对比你遇到的所有的男人都强。"

"在这里,也许吧!不管怎么说,这是我的事。"

"是的,但看到你们冷冰冰的,我觉得很难受。"

"我喜欢这样。单纯的幸福会让我感到忧伤。"

"你难得一次被一个真正杰出的人爱上。"

"你掺和这种事干吗?"

"听着,我到这里来是想安安静静地生活的,可这种平静被你破坏了。"

"如果人人都管自己的事,我就不会破坏这种平静了。"

"艾黛,让我们讲和吧。"

"我们并没有吵架。"

"吵了!"

"是你不断地挑起战争。"

"我觉得你把一种完全是友好的态度当成了敌意的表示。"

"我与你有同感。"

"那就没有问题了?"

"我没看见有什么问题。只是,你太喜欢折磨自己的灵魂了。"

"如果你有我的一半同情心……"

"我们互相都没有感觉,这很好,但这并不妨碍我们生活在一起。"

她坐在沙子上,海水淹没了她的大腿。我在她身后不远的地方,靠着一块岩石。她向我转过身来,看着我,久久地笑着。

"艾黛!我常常问自己,你的这种微笑是什么意思。"

"什么意思都没有。"

"我正是这样想的。"

现在已经可以肯定,她不会再冒险向我走近一步,而要追使我慢慢地投降和妥协……我们紧挨着躺在沙滩上。当我睁开眼睛的时候，已经是下午了，艾黛完全靠在我身上。这时，她也醒了，她想离开，我一把抓住她。我拥抱着她，她没有挣扎，半推半就，后来，好像是突然认出了我，她试图挣脱，拼命后退，让我非常恼火。我紧紧地抓住她，两人短暂搏斗了一番。她用脚撒了我一脸沙子，逃走了。我一边揉眼睛，一边在布满石子的沙滩上追她。她跑不动了，我更跑不动。最后，她终于来到了通往别墅的那条弯弯曲曲的小路上，这时，达尼埃尔正从上面下来。她迎上去，紧紧地靠着他，好像在乞求他的保护似的。他用胳膊搂住她，从高处打量着我，一副讽刺的神情。

"我们去游泳吗？"我对着他喊。

但艾黛对他耳语了一句：

"我困了。你来吗？"

她把他拉到了别墅里。

艾黛赢了第一仗。我侮辱了她，她对我进行了报复。没有比这更正常的了。也许她真的喜欢达尼埃尔，但我深表怀疑。他们俩能结成一对，这太不可思议了。他们假装吵了一会儿，然后便不断地亲昵。他们是演示给自己看还是给我看？如果是演给我看，一个这么容易到手的女孩为什么一定要通过这么曲折的办法来得到我，而这时的我已经变得非常冒失，直接向她敞开了大道？也许我不该对所谓的本能进行逻辑分析。她喜欢即兴占有别人和被别人占有，她恨我不断破坏她的机会，选择有利于自己的时机。她真正的复仇是——她知道这一点——掌控我的思想。我已经让她侵占了一部分思想，而我原先是想自己独自享受，完全由自己控制的。

眼下,被她侵占的部分倒不是很大,我很快又要事务缠身了。我在这里讲的都是鸡毛蒜皮的事,可那些天,我有一件非常重要的事情:与收集中国古董的人见面,他很可能会投资我想在秋季开的画廊。一系列的交谈和商量花了我不少时间,最后,我终于拿到了十分罕见的宋朝花瓶。我的那个美国人非常觊觎这件东西,他刚才通知我他马上就要来看我。

艾黛和达尼埃尔之间的关系又恶化了,双方都想用对自己有利的方式中断关系,但最后是他占了上风,完全是以自己的方式给那场戏落了幕。

那是在吃完晚饭之后。我们三人都在客厅里,我坐在扶手椅上,她躺在长沙发上,达尼埃尔靠在壁炉上,照着镜子,用脚有节奏地敲打着方形地砖。慢慢地,他敲打得越来越响。房间的墙开始颤抖了,我放下书,偷偷地看了一眼正埋头阅读某本《德拉库拉》的艾黛,心想,她在什么时候会提出抗议。

"别敲了!"她终于说。

他敲打得更厉害,几个小物件开始摇晃起来。

"别敲了,"她又说,不耐烦起来,"够了!……"

我很少见到这么愚蠢的家伙。我在想,自己究竟到这里来做什么!

达尼埃尔突然转过身来:

"闭嘴,小笨蛋,你真讨厌,你没有权这样说。你太幸运了,我们两个都对你感兴趣。阿德里安说得对:向你扑来的家伙你一概来者不拒。我曾错误地认为你身上还有一点点东西,你还有一点点愿望想摆脱你的那种卑鄙的平庸……艾黛,你吸引我的,正是那种无聊。我甚至没有想到你很丑——甚至,你身上最让人能够接受的东西,是你有时候丑得诚实,你的模样,你的目光——你的目光有时能打动一点点人。但当你美丽的时候,当你'讨人喜欢'的时候,我亲爱的,请允许我发笑吧!你是最低下、最卑鄙、最缺乏美的人……你完全是无可救药了。也许还有希望,对一个印象派画家来说,你还有希望!我的意思是说,我跟你在一起并没有浪费太多的时间。总之,我从来没有浪费时间。我就此打住。晚安。"

走到门口时,他又转过身来:

"我明天走,他们邀请我去塞舌尔群岛玩。"

"太遗憾了!"我说,"我的朋友山姆,也就是我跟你提起过的那个收藏家,明天下午要来。"

"那个小画家是个十足的疯子。我和他在一起也浪费了不少时间!我马上走,我不愿在这屋里再待一分钟。"

她拿起电话,拨号,请"费里克斯"听电话,那是鲁道夫的一个朋友,但他不在。

"如果你要去什么地方,"我对她说,"我可以开车送你去。"

她没有回答,另外又拨了一个号码;电话那头没人。她生气地挂上电话,脸色阴沉、不知所措地待了一会儿,然后咄咄逼人地盯着我:

"我不走。这屋子既是你们的,也是我的。我要写信给鲁道夫,让他赶你们走。"

"你以为鲁道夫会把你说的话当真吗?"

"住口!……"

沉默了很长时间。艾黛的眼睛盯着书,但显然并不在看。她感觉到我在盯着她,便忍不住扫了我一眼。我朝她笑了笑,她也露出机械的微笑,但马上就收回去了。

"你能肯定达尼埃尔一下午都在准备他的小小旅行吗?"我用和解的语气问她,"你相信吗?"

"不管是真是假,这跟我完全没有关系,我讨厌这种把戏。不管怎么样,这已经结束了。我留在这里,但我既不跟你说话,也不跟他说话。我搬到对面的房间里去住。"

"随你的便!"

又出现了新的沉默。她放下书,若有所思地玩着打火机。我继续盯着她。

"艾黛。"我过了好一会儿才开口。

她没有回答。

"艾黛!"

"什么事?"她生硬地回答。

"我们刚才太坏了。"

"我说过我不再说话。"

我笑了。

"听着,艾黛。你和达尼埃尔的事与我无关。可你为什么恨我?我对你做了什么?"

"住口!是你往达尼埃尔的脑袋里灌那些愚蠢的点子的。"

"什么点子?我没有点子。我不断地说你的好话。"

"我自己会给自己做广告。"

"听着,也许,只有一件事我要指责你,就是你比我想象的还要缺乏幽默。我从来不批评我爱的人。如果我觉得那真是你的缺点,我是不会告诉你的。"

她没有回答。我站起来,拿起一瓶威士忌,倒满两杯,然后紧挨着她在沙发上坐下来:

"为我们的和解而干杯,"我说,"原谅我,艾黛。我刚才太坏了。"

"你并不坏!"

"坏!你别唆使我犯罪啊,别人给我台阶,我不会不下。你让我生气的原因,与你想的完全不一样。"

"我什么都没想。"

"是的,你之所以让我生气,是因为你不知道自己想做什么。我花了很长时间才意识到这一点。"

"可能没有我想要的东西,但我知道得很清楚自己想要什么东西。"

"你想要什么?"

"和别人建立可能的和正常的关系。我不知道怎么建立,这对我来说太难了。在这方面,很少有我想要的东西……事实上,从来就没有。"

"达尼埃尔呢,你想要他吗?"

"我很想要他,但这并不是真的。我不把它叫作想要。我所希望的,是做他的朋友,也许也做你的朋友。"

"做我的朋友,可以啊!"

"太好了。"

"你知道,根据我的口味,我很喜欢你,甚至可以说非常喜欢。"

"你不断地批评我,达尼埃尔也因为你而批评我。"

"意见不可能是一个人想出来的。而且,有件事情一开始就把什么都弄坏了——你把一些很糟糕的人带到了这里来。"

"我从来没有带任何人到这里来。"

"一开始的那个人是怎么回事?"

"哦，是那个人呀！"

"来找你的那些人呢？"

"如果他们傻成那样，竟然到这里来找我，那是他们的事。而且，我半个月没有出去了。"

"半个月以来我什么都没说。今晚也什么都没说。"

"你没有为我辩护。"

"你知道，我很懒。"

"如果我走了，你会很高兴吗？"

"哪里会呢？你是个很可爱的女孩。"

"你觉得我很坏！"

"我从来没有说过这话。我只说过，根据你的行为习惯，你我不是一路人。但在你那类人当中，你近乎完美。"

"你是说在下等人当中？"

"处于二者之间的人。再说，我的口味也不一定就对。"

"虚伪！"

我抓住了她的手，她没有挣脱。

"这不是虚伪，而是魅力。别以为我蔑视你，艾黛。恰恰相反，我觉得你比你的情人们好一百倍。"

"他们不是我的情人。我没有情人。如果我有情人，也不是那些人……而且，我是自由的，我想见谁就见谁！"

"不，你不自由，我也一样，我不能随便攻击一个丑女孩。"

"你指的是我？"

她把手抽了回去，但我的手仍然放在她的膝盖上，抚摸着她黑绒裤的裤缝。

"你的情况不一样。跟像你这样的女孩在一起，我多多少少会浪费时间，但你是个例外，和你在一起，我也许没有完全浪费时间。总之,你是个危险的女孩……你不相信我,但我很难理解你为什么会有这样的念头,以为我不喜欢你。"

但她不再听我说。

"今晚就这样吧,我困了。"她说着站了起来。

她向我弯下腰,匆匆地在我脸颊上吻了一下。

"好吧,"我说,"我们去睡。"

艾黛受到打击的自尊心第一次流露了出来,她强忍住愤怒,这使得她在那天晚上特别让人想入非非。如果她主动拉住我的手,把我带到她的房间里去,我丝毫也不会犹豫。但她没有这样做。在洗刷干净我和达尼埃尔对她的侮辱之前,她不能这样做。(她会采取什么办法?我不知道,她更不知道。)而且,我也没有傻到那种程度,会去拉住她,哪怕是开玩笑。

"哦!太高兴了!"她边走边说,"终于摆脱了你们俩!"

"你跟我从来就没有开始过。"

她正走到门口,听见这话,她转过身来:

"不,早就开始了!"


山姆是第二天下午4点来的,他非常喜欢那个花瓶。正当他细细地察看,达尼埃尔走进了客厅,手里提着箱子,他是来打电话要出租车的。我提出来开车送他,他谢绝了我的好意。山姆和他从来没有见过面,我给他们作了介绍。但达尼埃尔拒绝跟那个主动伸出手来的美国人握手,并爆发出一阵蔑视的大笑:

"这就是你的'收藏家'?先生,我对收藏家不感兴趣。但由于我很少见到收藏家,所以我想对你说,你们太可笑了。"

"达尼埃尔!"我喝道,"够了!请原谅他,他遭遇了精神危机。"

"我讨厌收藏家,"他接着说,一点没有感到不安,"看到他们我就受不了。阿德里安,我不想跟你玩那些小把戏。我不需要恭维任何人,尤其是这种人。再见!"

他拿起手提箱,向艾黛转过身去。艾黛好像很欣赏他的"出走",达尼埃尔对她说:

"来……我有句话要告诉你。"

她站起来,跟他走了。两人一直来到平台上。

山姆惊讶多于气愤,但他仍然很冷静:

"你的朋友们和你一样,都是神经病。"他只说了这么一句。

"请原谅他。他想发作,他恨的是那个女孩。"

"那女孩很可爱。是他的女朋友?"

"不,不!"

"那么是你的女朋友?"

"也不是。她住在这里,今天跟这个人睡,明天跟那个人睡,总之,跟许多人睡。她是个'女收藏家'。"

"女收藏家?我们有某些共同之处!你们是她的收藏品吗?"

"不是。"

"你应该是。"

"你愿意被她收藏吗?"

"我?"

"为什么不呢?这是世界上最容易得到的女人。"

"我只爱难得到手的女人。"

"山姆!你就承认吧,你喜欢她。"

"问题不在这里。首先,她得喜欢我。"

"这是明摆着的事。我叫她做什么她就会做什么。"

"你总是那么不择手段。"

出租车到了，我们听见车门"乓"的一声关上了。山姆走向平台，朝外面扫了一眼，这时，汽车开了。他转身向我走来，一副讽刺的神情，直勾勾地盯着我的眼睛：

"你告诉我这些，是因为她跟别人走了，是吗？"

"走了？没有啊，肯定没有。"

"你这么肯定？"

尽管我深知她不会这样就走，没带行李，也没有钱，穿着夏天的小短裙，但我还是心慌了一阵。这会不会是个阴谋？那个达尼埃尔可是什么都做得出来的。不，是山姆拿我开心呢！这会儿，我听到了她的脚步声在平台上响起，她又出现在阳光下，庄严地挺直身子，好像要做出自我牺牲。

所以，我毫不费力地向山姆解释了行动步骤。山姆邀请我们去他家，我去她的房间里找她，她正在做准备：

"听着，"我对她说，"他一定要请我们今晚睡在他家。我很为难，因为我明天上午有个重要的约会。不过，你可以留下。我下午再过来找你。"

"那我究竟该怎么办，我是说，和他该做些什么？"

"你愿做什么就做什么。不过，如果你拒绝他，尤其是在达尼埃尔走了之后，他会生气的。"

"总之，我可以去看看花瓶。"

"那里只有花瓶。我和山姆有个巨大的投资计划，投资一个画廊。做生意，重要的是要建立某种气氛……一种有利的气氛。"

"我愿意帮这种忙，尤其是给你帮忙……而且，我觉得跟他在一起比跟你在一起安全。"

"这话可以从两个方面来理解。"我在她的头发上吻了一下，说。

"我只看到一个方面。"

她对着我大笑。

当然,这整个阴谋都是我们三个人在虚张声势,山姆很乐意投身于这种创造,而艾黛最后也匆匆地跟着我了,让我很高兴——这大大密切了我们之间的关系,比前一天晚上假惺惺的心里话管用多了。晚上没有发生什么事,到了说好的时间,大家都悄悄地扮演自己已经知道的角色。半夜3点,我发现我该走了。

"很晚了,"我说着站起来,"我马上要到尼斯去赴约。"

"别走了,"山姆说,"我给你留了房间。"

"谢谢了,但我担心自己最多只能睡两三个小时,不如醒个通宵。而且,路挺远的,加上我还要兜个圈,把我们的朋友送回去。"

"可我把艾黛留下了!你去做你的事吧。"

我向她转过身:

"你不会不高兴吧?"

"哪里会!"

她露出虚假的微笑,感谢山姆。山姆很温柔。一切都很顺利,太顺利了……我告辞了,山姆请我吃饭,不是在当天晚上,"因为我也许要睡上一觉",而是第二天。

其实,我去尼斯只是到一个拍卖会上扫一眼,那里并没有什么东西让我感兴趣。不过,这样一来,我也就有事干了,不用再想东想西了。傍晚,回到别墅时,我一头栽倒在床上,一口气睡到第二天上午很晚的时候。但一起床,我就待不住了,我借口说要紧急采购一点东西,便去了城里,一家咖啡店一家咖啡店地喝，一直磨蹭到傍晚。自从到了这里之后，我这是第一次感到厌烦，不过，我宁可在外面厌烦也不愿在家里烦。我觉得自己急着想见到山姆和艾黛，尽管心里非常清楚不会发现任何东西，因为，要么他们对我隐瞒真相，要么真的什么事都没有发生。但他们俩都那么高高兴兴地玩这个游戏，这让我感到很生气。现在，是他们处于事件的中心，即使并没有什么事，而我却在外面。我感到了嫉妒，觉得自己非常可笑。我也许会想念艾黛，但肯定不会让自己这么做。我觉得她离我比以前近了，不可能再把她与别的一大群女孩混在一起。那天晚上，我会把所有的女孩全都抛到外面的黑暗之中，除了她。

到了该去山姆家里的时候，我开始痛恨起自己来，也痛恨所有的人。有个游客用不太熟练的法语向我问路，我恶声恶气地回答了一句，连我自己都感到羞耻，我的情绪也随之而变得更坏。然而，这件可能会让我的情绪坏到极点的事情，却又让我高兴了一点。山姆和艾黛满脸笑容地迎接我，他们俩手拉着手，好像是一对亲密无间的情侣。大老远就能感觉到这是装出来的，但到了晚上，我却坚信我们的主人一定得到了满足。他咄咄逼人的态度更多是表明他因受骗而气恼，而不是胜利的高傲。他聪明地想抓住他认为是我的弱点的东西，以为这样就可以当着那个女孩的面侮辱我。他指责我粗暴无礼，我则干脆不闻不问，用这种矛盾的态度来为自己辩解。

"什么都不做或想什么都不做，这都会让人疲惫不堪。工作是最让人感到轻松的，就像顺着下坡走路。工作是一种偷懒的方式，是一种逃避，是人们花钱买来的一种好心情。"

"从这个角度来看，你是我认识的最勤劳的人！"

"我已经十年没有休假了。"

"那当然,你永远在休假!……你身上让我感到最有意思的,阿德里安,是你总是想为自己辩解。"

"不,与你想的恰恰相反,我没有什么要自责的。"

"你撒谎。你因自己没有钱而感到痛苦。"

"听着,山姆,你听说过塔拉乌马拉人[1]。当塔拉乌马拉的印第安人下山来到城里时,他们曾经乞讨过。他们来到别人的家门口,侧着身子,一副威严而蔑视的样子。不管别人给不给他们东西,他们总是待够同样的时间就走,也不说声谢谢……如果我乞讨,我也是侧着身子。再说,我们都是别人的奴隶,我觉得借住在朋友家里不像领国家的薪水那么丢脸。现在上班工作的人大多都做些无用的事,四分之三的活动是骗饭吃的。寄生虫不是我,而是那些坐办公室的,甚至是技术人员。"

"你在怀念过去的时光,而我却喜欢现代世界。"

"可我跟你同样现代,山姆。只是,在未来的世界中,重要的不是工作,而是偷懒。大家一致认为,工作只是一种手段,人们讨论着某种休闲文明:当你得到这种休闲时,你会失去休闲的感觉。有的人苦苦工作了四十年,然后想休息,——但当他们最终休息时,他们都不知道怎么休息了,然后便死去。说心里话,我觉得我偷懒比工作对人类的事业贡献更大——必须有不工作的勇气。"

"比上月球还勇敢?"

"当然,上月球也不是不可能。那是一件既迷人也让人看不起的事情。"

"阿德里安,对你来说,上月球是为了致富。你可以成为富人。

---

[1] 阿德里安指的是安托南·阿尔托的一篇文章。——原注

让我感到痛苦的是你不作任何努力来摆脱这种平庸状态。"

"谁向你证明我会富的?"

"我一直遗憾自己没有钱……但如果我有钱,被你们叫做'时髦'的东西就很容易了。完全缺乏英雄气概,不过,我想象不出缺乏英雄气概的时髦人士是什么样子的。"

我们在谈话时,艾黛倒在沙发上,听我们你一言我一语,只是不时地匆匆朝我们扫一眼。山姆问她对这个问题怎么看,她回答说,我说的都是虚假的,如果把它当真那就太幼稚了。说着,她站起来,给自己倒满一杯酒,走到他身边。山姆搂住她的腰,然后,开始勇敢地摸她的屁股,并把手伸进她的裙子里。她猛烈地躲开了,逃到了房间的角落。她的那种方式令人意想不到,极其荒谬,这是一场悲剧……

山姆在我的帮助下刚刚得到的那个中国花瓶,放在一张小圆凳上,艾黛拿起来,蔑视地看着追求她的人。花瓶在她手里危险地摇晃着,突然间就掉到了地上,好像她是故意的。

"小心!"山姆喊道。

太迟了——花瓶掉在了方砖地面上,摔烂了。艾黛惊愕了一会儿,然后疯狂地大笑起来。但山姆已经向她扑去,给了她一个响亮的耳光。她大叫一声跑走了。

"她没脸见人了。"我说,不知所措。

收藏家的失望终于压倒了愤怒,他让我感到可怜,我想帮他收拢花瓶的残片。他把我打发走了,用无力的声音对我说,他在二楼给我留了一个房间。

我在浴室里见到了艾黛,她正把自己的脸颊浸在凉水里。

"艾黛!"

她笑着转过身来。

"你还笑!"我说。

她继续笑着,我火了:

"说什么也不能把宋朝的花瓶打烂啊!"

"我想打烂什么就打烂什么。而且,他已经付你钱了。"

"说什么也不能把宋朝的花瓶打烂!"我又说。

"我不是故意的!"她显得有点伤心,而且装得那么像,让我忍不住笑了起来。

她向我扬起了拳头:

"你还笑!"

"我亲爱的艾黛,你会把一个真正的收藏家杀死的。你真的不可思议,我应该蔑视你的。我知道得很清楚你没脸见人了。"

"我没必要陪他两天。"

"他对你做了些什么?"

"什么都没做。"

"他纠缠你了?"

"哪里!他带我去划船了。昨晚,我们一起去了赌场。太好玩了……"

"他没有做什么让你生气的事?"

"如果我对你说,我跟他睡觉了,你会相信吗?"

"你说的话,我什么都信。我知道得很清楚,你说是,很可能意味着不是,但也可能是真的。"

我走到她身边,温柔地搂着她的脖子。她没有挣脱,还感到挺快乐的。我在他耳边悄悄地说:

"你是一个没有道德的小荡妇。"

她"噗"了一声:

"有一点可以肯定,我遵循的,不是你的道德标准!"

"我也是，我今晚也想破坏自己的道德原则。"

我把她搂在怀里，紧紧地抱着她曼妙的身子。她抬起头，把嘴伸了过来。我什么都不想了。只是，我们的位置不舒服，可能会影响我完全沉浸在此刻的幸福当中：

"我们上楼好吗？"

"不，"她说，"我们回去。"

在回去的路上，早晨的清新空气让我们继续保持着激情。我的胜利就是她的失败。这个女孩本来会更厉害的。让我感到高兴的，不单是我达到了自己的目的，而且她也达到了她的目的，至少我认为那是她的目的。她勇敢地越过了我在她脚下设置的障碍，这些障碍只能让她更加坚决。我又重新考虑起我的理论来。三个星期以来，她好像一切都根据我的安排来行事。达尼埃尔、山姆，现在又加上那个打碎的花瓶，这些都成了她征服我宝贵人格的步骤。在这之前一直保护着我的强大的道德观念，现在倒塌了。既然我到鲁道夫家里来寻找快乐，在我还将住在这里的一个星期中，我为什么不能让我跟艾黛的关系变得尽可能令人愉快呢？想到一种关系能建立在这样天时地利的环境中，我更加暗暗下定决心，要进行一场巨大的冒险：一个星期的时间刚刚好，对一段临时爱情来说太理想了，在这之前，它们往往只有一个晚上，或马上消失在沙滩上……

到了加森的时候，我想超过一辆停在路边的卡车，但从对面来了一辆敞篷车，使我无法超车。我停了下来，车上的两个小伙子认出了艾黛，他们把车停在我身后几米远的地方，艾黛下了车，跟他们打招呼。他们去意大利，去某个地方。她回到车上，拿出她的本子把地址记了下来。我听见他们劝她跟他们走：

如果她没有换洗的衣服，他们可以把自己的衬衣借给她。

　　卡车开走了，我得把车往前开一点，给后面的一辆车子让路。开动车子的时候，我只有一个目的，就是赶快离开这里，免得艾黛再犹豫不决，心生二意。但我很快就明白了，我停不下来了，我正在做一个真正的决定，这是第一次……

　　这是一个我误入歧途的故事。我的梦想突然消失了，取而代之的是我刚到这里时的想法。我一直想去度假，现在可以去实现了！宁静和孤独，我终于可以随意得到了。它们不光是别人给我的，也是我通过一个决定自己给自己的。这个决定最终保证了我的自由。我享受这种胜利，把它归功于自己，而不是运气。我产生了一种甜蜜的独立感，好像完全拥有了我自己……

　　但当我回到我宽敞而寂静的家里时，我又感到了一种忧虑，睡不着觉了。一小时后，我抓住了电话，咨询去伦敦的飞机什么时候起飞。

## 五 克莱尔的膝盖

6月29日，**星期一**。阿内西湖。热罗姆驾着他的摩托艇朝瓦塞运河驶去。奥罗拉俯在爱情桥的栏杆上，从桥上看着他过来。当他经过桥底下时，她换到了桥的另一侧。热罗姆拐了一个弯想靠岸，这时看见了她。他上了岸，向她跑过来：

"奥罗拉！"

"热罗姆！"

"你看，一切都是可能的：那天，我跑遍巴黎，觉得在任何一个地方都有可能遇到你，但我没想到能在这里遇到你。

"我在这里度假。我找到了一个房间，在别人家里，在塔鲁瓦。"

"在塔鲁瓦？那我们不是邻居吗？我有座屋子，我小时候常在那里度假。我现在到这里是来卖房子的。我打算在这里待三个星期。真是太好了，你知道我在全世界找你，但找不到你的地址。你不住在巴黎了？"

"住啊。但我搬家了。你一直在摩洛哥？"

"不，在瑞典。可你在桥上干什么？你知道它叫爱情桥吗？"

"咖啡渣[1]告诉我,我会遇到什么人。可我没想到是你!如果我不叫你,你不会认出我来。我有那么大的变化吗?"

"没有,你一点都没变。你比以前更漂亮,更年轻了。不过,一方面,我是在开船,另一方面,我不再看女人了,我要结婚了。以后再找时间原原本本地告诉你吧:我们找个时间一起吃中饭。如果你不太害怕的话,我送你回去……"

W夫人的别墅……奥罗拉住在那里。别墅就在湖边,门前有一块草坪。别墅右边的建筑,一楼是个宽大的客厅,还有个凉廊,因为屋顶延伸,遮住了阳台;左边的建筑有两层,门前有一个萨瓦省风格的木栏杆阳台,有一半被樱桃树的树叶遮住了。

W夫人……和热罗姆及其家人面熟。热罗姆小的时候,她跟他一起玩过,最后一次,他应该是十一岁,她十五岁。热罗姆说,他还记得她的兄弟们,不过,在那个年龄,他对女孩并不感兴趣,除了一个八岁的金发小女孩,他回忆说,他保护着她,还给她起了个绰号,叫做布比内特[2]。"总之,"奥罗拉评论道,"你没有变。你总是追小女孩。"

正说着,W夫人的女儿劳拉进来了,夹着书包。快放假了,最后几天上学。她十六岁,在读中学高年级。她很活跃,笑盈盈的,说个不停,直盯着别人的眼睛。热罗姆当然成了她关注的对象。她说她知道他家,因为几年前,她跟住在那里的女孩有过联系:"我们玩捉迷藏,摘花园里的梨子吃。那是一栋非常漂亮的屋子,希望不要拆掉它。"

---

[1] 法国人有拿咖啡渣预测未来命运的传统和习惯。

[2] 布比内特(Poupinette),指"小女孩""女娃"。

热罗姆安慰她说不会拆。大家喝茶时,他说起 6 年前,他是怎么在布加雷斯特认识奥罗拉的,当时,他是那里的文化专员。后来,他们失去了联系,今天能在这里相遇,真是让人吃惊。奥罗拉指责他后来很快就不给她写信了,他回答说,"给一个作家写信",他感到害怕,因为奥罗拉是小说家。

"你呢,"热罗姆问一直盯着他、一字不漏地听他说话的劳拉,"你放假了吗?"

"快了,明天就上完课了。"

"要是我,最后几天我会设法逃课。"

"我却恰恰相反。我们打算跟老师开个玩笑。那是个老姑娘,不单老,而且坏!她把我们训哭才开心。"

"你看你看!"那位当母亲的说。

"你最好去看看那个时候她是怎么笑的,怎么扭动她的腰肢的,真让人恶心。她很坏,我说的就是坏,我们要跟她开个'坏'玩笑……"

"她真的把你们训哭了?"

"我没哭。首先是因为我从来不当着别人的面哭。"

"看到一个女孩哭泣,尤其是一个漂亮的女孩,我会完全手足无措的。"

"所以你会让难看的女人哭泣。"劳拉说。

"我既不会让难看的女人哭,也不会让漂亮的女人哭。"

"不是吧?有时还是会的,走着瞧吧!你这样揭示自己的阴暗面,不感到难为情吗?"

**6 月 30 日,星期二**。热罗姆的屋子位于小镇上。这是 18 世纪风格的宽大华丽的建筑,没有装饰,墙上粗涂着灰泥,百叶窗是绿色的。屋后，有个带平台的花园；花园后面，是一块荒芜的田野，以前是葡萄园。

奥罗拉参观着房子，对客厅啧啧赞叹。客厅里挂着一些画，很幼稚，是萨瓦省被占期间一个西班牙士兵画的。

"那是唐·吉诃德，"热罗姆说，"他骑着木马，以为自己是在云里行走。他的眼睛被蒙住了：风箱让人想起了风，火把让人想起了太阳。"

"这是一幅寓意画。"女小说家评论道。"故事中的主人公总是被人蒙住了眼，不然的话，他们什么事都做不出来，故事也就无法向前推进了。其实呢，每个人的眼睛都被蒙上了一块布，或至少是眼罩。"

"除了你，因为你写作。"

"是的。当我写作的时候，我不得不睁大眼睛。"

"你在拉风箱？"

"啊，不，鼓风的不是我，而是主人公冲动的激情，或者，如果你喜欢的话，也可以说是他的逻辑。"

"可你也有点像主人公。"

"我才不呢。我满足于观察。我从来不创造，我只发现……"

大家来到了卧室，宽大的房间里，有张古典的四柱床。这里，也就是热罗姆最常待的地方了。一张桌子上，醒目地放着一个二十五岁的年轻女人的照片。这是吕桑德，外交官的女儿，是他在布卡雷斯特认识的。他和她有过暴风骤雨般的关系。他对她还这么忠诚，奥罗拉感到很惊奇。热罗姆解释说，他们相隔一段时间就分开，然后重逢，他打算下个月回斯德哥尔摩之后就娶她。

"在这之前，我一直反对结婚。但既然我们多次想分开都没有分开，那就说明我们应该生活在一起。如果我娶她，那是因为我凭经验知道，我能和她生活在一起。我证明一个事实，但不强迫自己履行任何义务。一件事情，如果是快乐的，我就快快乐乐地去做。如果我还对别的女人感兴趣，我不明白自己为什么还要捆在一个女人身上。自从我认识吕桑德之后，我做过不少对她不忠的事——她也对我做过不少——我慢慢地发现，我对别的女人全都无动于衷了。我再也无法把她们区分开来，她们全都是一样的，相同的。除了某些女人，比如说你，我出于友谊而喜欢的女人……你呢？你的情人们怎么样了？"

但奥罗拉什么都没说，或者是什么都不想说。一年多来，她一直独身，并从中找到了乐趣。她跟热罗姆一样，喜欢凭兴趣做事。

接着，他们去了花园。上层的平台中间有一条小路，两边种着美国木豆树。平台通往一块圆形的平地，平地四周围着栏杆，种着一圈紫杉，透过树丛，可以看到下面网球俱乐部的网球场。

"劳拉常到这里来玩，"奥罗拉说，"你也许能在5点钟看到她。我之所以告诉你这一点，是因为我想起了我已经放弃了的一部小说的旧提纲。那部小说讲的是一个三四十岁的男人的故事，挺严肃的一个男人，但两个到隔壁打网球的少女打破了他的平静。有一天，她们把一个球打到了他家的花园里。他不知着了什么魔，把球放到了口袋里，然后假装跟她们一起在找球，然后，等她们沮丧地一走，他就钻到另一户人家的花园里——那里好像正要盖房子——把球扔回网球场。然而，那个花园是一个患有残疾的老太太的，她根本不可能玩这种把戏，两个女孩感到很纳闷。这个小把戏玩了三四回，让这个在此之前一直很严肃的男人变得十分疯狂……但我不知道怎么把故事写完。你给了我一个启发，我想把这个故事写下去。"

他们朝着屋子往回走。奥罗拉显出一副神秘的样子：

"我不该告诉你的，但既然你这样不为所动……你不知道吗？劳拉爱上了你。"

"啊，这就是你的小说？"

"不，是她亲口告诉我的。"

"如果是她告诉你的，那就不是真的。不管怎么样，但愿这能给你以灵感。"

"我敢肯定你已经察觉，你只要注意她看你的方式就知道了。"

"她看我的时候非常狡猾。"

"那根本不是狡猾。"

"是的。那个女孩很直率，很单纯，所以非常给人以好感。如果我要注意所有女孩的爱情冲动，那我还有完没完！不管怎么说，观察别人是你的职业。"

"这甚至算不上是个好故事，过时了。"

"不如这样说吧：我不能给你灵感。"

"这倒是真的，我从来没想过要利用你这个人物。"

"因为索然无味？"

"是的。不过,用乏味的人物也能写出好故事。我的意思是说，我很少从眼前的事情中得到灵感。"

"一般来说，我属于过去。"

她笑了：

"可你还是没有给我带来灵感！你在结婚前夜跟一个女中学生睡觉，这并不足以成为一个好故事。"

"如果我不睡呢？"

"那故事会精彩得多。甚至不需要发生什么事。其实,主题已经存在了。到处都有主题——如果你能把所有的事情都当作主题!……这个主题打动了我,但太让我激动了。有一件事情我做不到,那就是讲述自己的生活:我已经处于相似的情形当中。"

"啊!"

"我以前可能会对比我年轻的小伙子感兴趣。其实我的故事和你的故事差不多,因为我没有走到头——我的意思是说我从来没有爱上过他们。我完全可以讲述跟我自己有关的故事,把它们改头换面。"

"改头换面,你可别打我的主意。"

"你怕了吗?你不会有任何危险,她会在最后一刻退却的。这是一个可爱的卖火柴的小女孩。我知道是怎么回事,因为我也曾有过这样的经历。你唯一的危险,是她老是在后面盯着你……"

7月1日,星期三。热罗姆在参观奥罗拉的住处。她的房间在二楼,朝着阳台。

"你住在这里不错,"他说,"很安静。"

"事实上,这里漂亮得都让人不能好好工作。"

他指着夹在打字机上的纸页:

"写的是我们的故事吗?"

"要让我写,首先必须发生。"

"可它永远不会发生!"

"总会发生什么事的。即使你拒绝,也会发生什么事的。"

"以至于我将永远成为你的试验品。"

房间很窄,热罗姆建议奥罗拉住在他家,那里要宽敞些,她可以在那里随意"观察"他。她谢绝了,首先她和W夫人签了约,其次,她喜欢这个进入一个法国人的家庭的机会。在巴黎,她见到的尽是作家。终于,她可以跟普通人一起生活了……"而且,"她双手搂住热罗姆的脖子,补充说,"你怎么会希望我独自一人冒险跟你住在一起,住在你家呢?你知道得很清楚,我喜欢你。"

他们从阳台的楼梯来到一楼。

"你看见了,"奥罗拉说,"我几乎总是一个人。这家人的母亲在阿内西上班,女儿们呢,我想,她们大部分时间都在闲逛。"

他走近放在壁炉上的一张照片:

"这是谁?"

"克莱尔,他们家的另一个女儿。"

"她们不像。"

"她们不是姐妹。你觉得她怎么样?"

"哎,听着,别开玩笑了!"

他们经过草地,来到湖边,寻找着椅子,却看见劳拉坐在一张椅子脚下的地上。

"你们好!"她笑着跟他们打招呼,充满了挑衅的意味。

"你在这里啊?"

"是啊,我在度假。时间已经不早了!"

奥罗拉建议做个水果沙拉,但她不喜欢别人帮助她——这是一个秘密菜谱。热罗姆一个人和劳拉在一起,劳拉笑着端详着他。他仍然保持着严肃的神情,用挑剔的目光打量着她:

"假期愉快吗?"

"不愉快,其实哪有假期,我不是待在这里吗?这是一年中最难受的时候。所有的朋友都走了。幸亏,下个月我要去英国,住到切尔腾汉郡的一个人家里。其实,我并不忧伤。这不一样:是假期这件事弄得我伤心的。对我来说,假期意味着离开、移动,而不是待在原地。而且,不管怎么样,我得等克莱尔到来。"

"克莱尔?"

"克莱尔是我的姐姐。其实,她并不是我的姐姐。我母亲与克莱尔的父亲再婚了。我父亲去世了。克莱尔几天以后到,我们相处得很好……很遗憾妈妈离婚了。"

"离婚……和克莱尔的父亲?"

"是的,是的,是的。我母亲有过两个丈夫,现在她孤身一人。"

奥罗拉回来了,端来了冷盘。

"劳拉很伤心,"热罗姆说,"由于放假。我理解她。而我伤心的是回到了童年的地方。刚开始几天,我在这里感到很压抑,差点要走。往事不堪回首!"

"你不想再增加任何回忆?"奥罗拉问。

"当然不想。"

"那个瑞典女人,"劳拉问,"你喜欢她吗?"

"喜欢,我很爱她,但那个国家不怎么吸引我。是……"

"是气候,"奥罗拉打断他的话,"我知道,那里的'气候'适合你,你说过几百次了。不过,行行好,不要说你的'气候'了,说说别的东西吧!"

**7月2日,星期四**。热罗姆来寻找奥罗拉。他们在湖边散步时,他指责她不让他当着劳拉的面说他很快就要结婚的事。她予以否认,显然不诚实:

"我没有不让你说任何东西呀,我的朋友!你这是怎么回事?"

"你知道得很清楚。你打断了我的话,谈起了我的'气候'。"

"不过,这倒是真的!你喜欢寒冷,很不喜欢炎热。"

"听着,够了!"

"为什么要谈论结婚呢?你以为这会让那些人感兴趣吗?"

"试验品的角色一点都不适合我。我不知道你对那个小女孩说了些什么,但我见到她,就要跟她说。"

"那你就说好了!"

**7月3日,星期五**。热罗姆在W夫人家里喝咖啡……他成功地宣布了自己要结婚的事:

"我之所以住在瑞典,完全是出于个人原因:我下个月就要结婚了。"

"连我都不知道这件事。"奥罗拉一边说,一边观察着劳拉的反应。

"吕桑德在儿童基金会工作,她现在在非洲出差。"

"这种分离一定让你感到很痛苦,尤其是在这个时候。"W夫人说。

"分离之后又重逢只会更幸福,"奥罗拉说,"他们习惯了。"

"是的,我们认识六年了,彼此经常分开。"

"我想,以后不会再分开了吧?"

"不会了,或者很少再分开……"

"小别胜新婚,不是吗?"奥罗拉说,"短时间的分离只能使关系更加密切。"

"可能是这样。"W夫人说。"我应该是太特别了。对我来说,我无法忍受分离。这就是我为什么结了两次婚还独自一人的原因。"

"可爸爸死了,"劳拉幽默地说,"这不一样。"

"不管是死了还是走了,都不会改变我独身的命运。"

"这毕竟不是你的错!"

"可我没有说是我的错!她总是要跟我唱反调!……我没有过上应该过的生活。我很孤独,我需要爱别人。我的愚蠢之处,如果这算是愚蠢的话,也许在于我太相信爱情了。你呢,你应该比我幸福多了,你不相信爱情。"

"我?"

"对,你和你那个年龄的人。对你们来说,爱情是一种陈旧的感情。"

"我从来没有这样说过!我才不在乎别人怎么想。如果女儿愚蠢,妈妈,这毕竟不是我的错!……而且,这并不是事实。在你那个时代,爱情没有现在这么强烈。也许那时更虚伪一些。仅此而已。有时,我觉得你在胡说八道!"

"劳拉!你们看,她是怎么对待我的!"

"我不想说空话。而且,去他的!这不是我该谈论的话题,我对此一无所知。"

她离开了桌子,跑到花园深处。W夫人说劳拉不高兴是因为她不让她和同学们出去旅行。

"原谅她吧。我不知道她今天怎么了。她这是第一次当着大家的面发火。我想她很烦闷,她的同学们都走了。她本来想跟一小群人去科西嘉岛,我不想让她一个人走得这么远。再说,她姐姐过几天就要来了,她8月份又要到英国去。你们看,她并不是没有地方玩嘛……"

她看了一下表:

"啊呀呀,2点10分了,"她说着站了起来,"我上班要迟到了。奥罗拉,麻烦你提醒她3点钟要去买东西。"

当她走远时,热罗姆对奥罗拉说:

"非常感谢你!"

"你得去安慰她了,"她说,"你有借口了,去提醒她要买东西。"

花园沿着湖边,一直向北延伸,最后形成一块种着胡桃树的草地。劳拉坐在湖边,正在用饼干屑喂天鹅,饼干是她离开桌子时拿的。听到热罗姆到来的声音,她向他抬起头,然后马上又扭了过去。热罗姆停下脚步:

"我来提醒你3点钟要替你妈买东西。"

"是她派你到这里来的吗?"

"不是,是奥罗拉……这个角落不错。是'你的'角落吗?"

"是的,当人们烦我的时候……不过我说的不是你……也不是妈妈。我们很相爱,但她总喜欢歪曲我说的话。"

"没有啊。她很好脾气,她很和蔼地原谅了你。"

"她没有说我的脾气不好?"

"没有,一点没说。她甚至说了不少你的好话。"

"我知道。在大家面前,她总是为我而骄傲。这是她的性格:她一定要跟别人唱对台戏。我往往都说她对,免得大家都不得安宁。因为不管怎么说,她是我母亲,如果我跟她吵架,我最后也不得不向她让步。除此以外,我们相处得很好,我很爱她。"

"她也一样。"

"我本来不应该当着大家的面这样离开。我肯定让她生气了。她说了些什么?"

"我不知道。你恨她是因为她不让你去科西嘉岛。"

"可她知道得很清楚,不是这个原因。是我自己不愿意去的。

你知道，我在这里挺开心的。只是，有点压抑。当我烦恼的时候，我喜欢随便乱走，大多是到这里来。我所有的朋友都走了，我在想，我是否最好还是不要去科西嘉了。"

"好奇怪呀，"热罗姆说，"这几天，我的感觉完全相反。当身边的一切都很美的时候，我是不会感到烦恼的。"

"很美，是的。但这里的风景让我窒息。"

"那就爬山去。"

"我小的时候，常常跟克莱尔在山上玩。"

"我也是。我认识不少角落。这两天找个时候，我带你去逛逛。你不怕爬山吧？"

"不怕，一点都不怕。但让我感到压抑的不是陡峭险峻的高山，而是过于漂亮，这种美丽让人长时间地感到疲惫，甚至恶心。必须不时地离开这里。"

"啊，看看，我刚才跟你说了些什么！如果两个人相爱，就必须不时地分开。"

"说得一点也没错！……不过，我们不要把奥罗拉一个人扔在那里……"

她站起来就跑，跑了几步才停下来，转过身。热罗姆赶上去，抓住了她伸过来的手。他们手拉着手走了一段时间，然后，她猛地挣脱了，往前跑去。

**7月4日，星期六**。热罗姆驾着小艇在W夫人家附近靠岸。劳拉过来迎接他，并且告诉她奥罗拉不在。几个朋友开车来找她，带她去日内瓦了，五六天以后才回来。"那就你一个人了，"热罗姆说，"你会感到烦闷的。你在看什么书？有趣吗？如果你想看旧书，我家里有的是。你来吗？"

劳拉在热罗姆家里，站在吕桑德的照片前。

"她很漂亮，但很严峻。我还以为你是跟一个没那么冷漠的女人在一起呢！"

"你觉得我们不般配吗？"

"初看起来不太般配。"

"其实，你说得对。从外表上来看，吕桑德不是我喜欢的那种女人，但我在外表上也没什么要求。对我来说，外表并不重要。至少，过了'及格'线以后，所有的女人都有其价值。只是，内心更重要一些。"

"是的，但内心从外表上看得出来。"

"你看到什么了？"

"你的内心跟外表不一样。"

"你这样认为？你说得对。我在你这个年龄的时候，我所想象的理想中的女人跟吕桑德完全不一样。无论是外表还是内心，我都不觉得她是为我而'生'。后来呢？一个为我而生的女人让我很烦，她没有给我带来任何东西，她让我感到疲惫。如果我娶吕桑德，理由很简单，只有一个：六年来，我没有对她厌烦，她也没有厌烦我，我们的关系没有任何理由不继续下去。你一定会觉得这一切完全缺乏爱情。"

"是的，我喜欢对某人一见钟情，而不是在六年之后。那种感情，我不会把它叫做'爱情'，而是叫做'友谊'。"

"可你觉得区别就那么大吗？爱情和友谊，其实是一回事。"

"不。我和我喜欢的人之间根本没有友谊可言。爱，会让我变坏。"

"是吗？我可不是。我可不相信没有友谊的爱情。"

"也许吧，但对我来说，友谊是后来的事。"

"是先是后，这问题不大。总之，友谊当中有件事情很美好，我希望爱情中也有，那就是尊重对方的自由。不要占有对方的思想。"

"我是占有欲很强的人，非常强。"

"不该占有别人。你会破坏自己的生活的，我的孩子。"

"我知道。我生来就是为了受苦的。但我不会不幸，我很开心，我只想着开心的事情。当你想不高兴的事情的时候你就不高兴了。而我呢，当我烦恼的时候，我就想，我也有过快乐的时光，不管怎么样，哭是无济于事的。我想，我活在这世上，这太好了，我要高高兴兴的。"

"什么叫'高高兴兴'的?"

"高高兴兴，就是活着。比如说，今天，我不太开心。明天，我也许会伤心。于是，我便强迫自己想别的事情，我让自己的大脑转动起来，集中在一件具体的事情上面。我发现这件事很有意思，在这天剩下的时间里，我就很开心了……但是，如果我恋爱了，也许……总归是这样！"

"什么?"

"当我恋爱的时候，我就一整个被动员起来了，忘了自己在幸福地活着。"

"但不该忘记。不该牺牲生命，不该牺牲生活在爱情中的幸福。我想你在这方面应该非常理智。"

"真的?"

"真的。"

"让我告诉你一个秘密。"

"啊!"

"说真心话，被别人爱上，我并不高兴。我不喜欢这样：我精力集中,不再对任何东西感兴趣,我不再继续生活。这样一点意思都没有。"

"啊,你看,我说得对。我说得不对吗?"

"不对。"

他们来到了花园里。热罗姆让劳拉欣赏玫瑰,他提出来要送她一束,她拒绝了:

"妈妈会怎么说?"

"送玫瑰是很纯洁的事。"

"她会觉得你送玫瑰给我是件很滑稽的事,她有道理。"

"那就以我的名义送给她。"

"如果你想送,那就自己送吧。"

"我正打算这样做。"

"把这枝玫瑰给我。"

"就要一支?"

"就要一支。"

他折断那支玫瑰,递给了她:

"这可不是给你妈妈的。"

"当然不是。我把它放在我的房间里。"

"你会怎么说?"

"说是你送给我的。"

"她不会觉得这很滑稽吗?"

"不会,就一朵玫瑰,我想还不至于。相反,她会觉得这很好。总之……"

"总之什么?"

"总之什么事都没有。"

**7月5日，星期天。**热罗姆应邀到 W 夫人家里去吃饭，手里捧着一大束玫瑰。还有一个客人，雅克·D，一个四十来岁的男人。

饭后，大家谈起了当地的美，更确切地说，谈起了"角度"。D 说，在对面的湖边，景色更漂亮，因为可以看见图尔内特高地和陡峭的朗峰，其野性一览无余。W 夫人也说更喜欢住在群山的正面而不是山脚，不管那些山是多么高。在山脚下，她会感到自己被压碎了。劳拉不同意她的观点，她认为山从下面看上去更美："就像一个摇篮，我们觉得它在保护着我们。"有一个角度她最喜欢，那就是在图尔内特山脚下，在奥普山的隘口。她向热罗姆提议第二天带她去看看。他有点不同意穿过森林爬一千米，尽管他小时候不知爬过多少次。劳拉回答说，这最多不会超过三小时，如果他愿意，他们可以一直爬到山顶，可能的话，就睡在山顶的木屋里。

W 夫人要女儿不要滥用热罗姆先生的好意。

"真的，妈妈，你不愿意让我们俩睡在山顶的木屋里？"劳拉一副傻乎乎的样子。

然后，她转过身来问热罗姆：

"说好了，不管怎么样，你明天来找我。"

说完，她吻了一下她妈妈、雅克——"有二必有三"——和热罗姆，就上楼去了。

"我不知道应不应该把女儿托付给你，"W 夫人说，"她深深地爱上了你。"

"没有吧，夫人，她是在闹着玩。"

"这种游戏，人们会中圈套。"

"她很清楚我很快就要结婚了。"

"我开玩笑的!总之,我很高兴她是跟一个严肃的人一起去……"

"严不严肃,我可不敢那么确定。我想你更多是指望你女孩严肃而不是指望我?"

"我觉得,一个下个月就要结婚的人是会严肃的,不是吗?"

"我想劳拉的想法跟你是一样的。"

**7月6日,星期一**。奥普山隘口。热罗姆在欣赏图尔内特、朗峰和鲁克斯的山峰,它们高大巍峨,层岩叠嶂,树木葱茏,一直延伸到深蓝色的湖中。他说,这里的景色跟山脚下一样,给人压抑的感觉。但劳拉却不觉得。他们坐了下来,他用一只手臂搂住女孩的肩膀,她靠在他身上。

"我们就这样待着,"她说,"你觉得好吗?"

"是的,很好。"

"真的?"

"真的。"

"你跟你的未婚妻在一起会更好。"

"嗯,是的,内心里。"

"为什么说是'内心里'?我想你跟她在一起比跟我在一起更开心?"

"是的,因为我要离开你去她那里。如果我觉得和你在一起更好,那我就留下来和你在一起了。但怎么知道我和你在一起会更好呢?有什么必要这样比较呢?我很好。"

他抚摸着她的手臂。

"你知道,孩子,我觉得你很不谨慎。我要是你,就不会那么掉以轻心。"

"我是不放心,但我要丰富自己的经验,所以有意冒一些险。可是你,你冒的险比我大——你快要结婚了,而我是自由的。"

"可是,我也是自由的。我尊重吕桑德的自由,她也尊重我的自由。我完全让她做她喜欢做的事,希望,或者说是肯定她不会做出什么让我不高兴的事情。如果一方高兴的事情使对方全都不高兴,而两人又想生活在一起,那真是疯了。"

"她知道你和我在一起会高兴吗?"

"当然高兴,如果她知道我们的感情纯粹是出于友谊。我们没有不允许对方有朋友。"

"比如说奥罗拉。"

"是的。"

"我很喜欢她。她非常可爱。"

"你们在一起谈论过我吗?"

"当然。"

"她说了些什么?"

"说我应该提防你。"

她看着他,一副挑衅的神情。他想把她往自己身边拉一点,但她迅速站了起来,说:"我们走吧!"他们手拉着手,沿着小路往上爬。过了一会儿,他们停了下来,有点气喘吁吁。热罗姆搂住了劳拉,劳拉抬起了头。他们拥抱着。但她很快就挣脱了,往前跑去。他上坡追她,终于追上了她,一把抱住她。

"放开我!"

"我放开就是了!我们不能再玩了?"

"不能!我想爱上一个好人,爱上一个他爱我、我也爱他的小伙子。"

"你知道,我亲爱的,你的生活才刚刚开始呢!"

"你说话就像我妈一样！你知道吗，我一直以为我会嫁得很早。有的女孩十六岁就结婚了。"

"这是例外，我不赞同。我不觉得你现在就结婚有什么好处。"

"你知道妈妈要结婚的事吗？"

"和……昨天晚上一起吃饭的那个朋友？"

"是的，雅克。所以，我跟他们生活在一起会很艰难。"

"不过，不管怎么样，你将继续你的学业。你可以一个人住在里昂、格勒诺布尔、巴黎……"

"是的，当然……我想告诉你一件事——但你离得远一点，不要靠近我。我相信我有点爱上你了。如果某个像你这样的人出现在我眼前，要把我抢走，如果他爱我，我会跟他走的。"

"你母亲会怎么说？"

"她会很高兴。"

"但跟我这个年龄的人走她不会高兴吧？"

"对我来说，年龄并不重要。我绝不会爱上跟我同龄的小伙子。"

**7月7日，星期二。**劳拉坐在花园的一张长凳上，紧挨着热罗姆，继续说着她的心里话：

"我不喜欢与我同龄的人。我觉得他们很蠢。你要知道，我很小的时候，当我还是个小女孩时就这样了，但不该相信外表。总之，我比我的年龄要老得多。自从妈妈离婚后，她很早就跟我讲心里话了，我的想法比与我同龄的女孩成熟得多。我的同学们的思想要比我幼稚得多。你要知道，我觉得自己结婚以后会很好。当然，这并不是说我马上就要结婚！"

"我不觉得像你这个年龄的女孩现在就结婚有什么好

处——我们不是生活在路易十四时期!你母亲完全会让你做你自己喜欢做的事的。"

"没那么快!我母亲把我抓得比你以为的要紧。不管怎么说,她是有道理的。她给我建议。我只感到生气,感到恼怒,但我发现她往往是对的。她之所以是对的,是因为……"

"因为什么……"

"因为我太疯了:我想,我想胡作非为。我非常爱我的母亲,我知道如果我做出疯狂的举动,她会很痛苦的。所以我就乖乖的,我很乖,我把所有的小伙子都赶走了。我养成了一种十分严肃的态度。我也可以很疯,我完全做得出来,但现在,我属于乖人。我只要迈出一小步就可以成为疯人。我为什么不成为疯人呢?妈妈的出现把我拉住了一点,如果我有父亲,比如克莱尔的父亲,我完全会走向另一个极端。"

"克莱尔比你更'疯'吗?"

"不,她爱上了一个来这里度假的小伙子。你会看到的,他们整天厮守在一起。我从来就不能真正爱上哪个男孩,这让我很不安……不对,我小的时候,很小的时候爱过。我曾爱过一个十二岁半的男孩。我不能说我跟他有过什么大事,可是我喜欢他,可以说,在他之后,我没有爱过任何人。"

"一句话,你的感情生活四年前就结束了。"

"现在,我正想着去爱某个人,但我遇到的都是与我同龄的男孩,而我害怕与我同龄的男孩。出自本能——我害怕。

"但怎么个'害怕'法呢?"

"我跟你说过,这是出自本能。一种保守的本能。男孩越漂亮,我便越害怕。"

"你是说你害怕抵制不了他?"

"不是，不单单是因为这个原因。我不太喜欢男孩，因为这太勉强了。如果某个男孩可爱，我便会跟他一起闲逛，比如说当我感到烦闷的时候——当我烦闷的时候，如果我跟谁在一起，我便觉得自己爱上了谁。让我感到不舒服的是，过了一段时间，他就自以为是起来，到处说：'她爱上了我。'他把自己当作了一个了不起的人物。于是，我们的关系就结束了。和小年轻在一起，我没有安全感。我只有跟可以当父亲的人在一起心里才踏实：我一定是缺乏父爱。和比我年龄大的人在一起，我会觉得他有点像我父亲。我愿意分享他做的事情，对他的事情发表意见，我愿意一直待在他身边，我愿意在他身边当个小女孩，我会感觉非常好。"

她把身子往后仰去，头枕在热罗姆的肩膀上。

7月8日，星期三。热罗姆上岸前往W夫人的别墅。他在往前走。一个正在草坪上晒太阳的女孩站起来，向他迎来。热罗姆自我介绍以后问：

"你是克莱尔？劳拉不在吗？"

"她刚刚出去。樊尚来找她了。"

"谁？"

"樊尚，她的一个同学。他从萨朗什回来了。"

"奥罗拉还在日内瓦吗？"

"是的，我想是吧。总之，我没有见到她。"

"这么说，就你一个人在这里。你住在巴黎？"

"是的。"

"你很幸运——今天的天气很好。"

"非常好，是的。"

他试图延长说话的时间，但她只用"是"或者"不是"来回答。突然，门外传来了马达声，她转过身去。

"好了，再见。"热罗姆觉得自己有点过分了。

他往自己的小艇走去。就在上船时，他转过身来，看见一个十八岁的小伙子从车上跳下来，向那个女孩奔跑而去，女孩张开双臂在等待他。

**7月9日，星期四**。热罗姆在自己的房间里。马路上有辆汽车在按喇叭。是奥罗拉，把她从日内瓦送回来的那个罗马尼亚朋友陪伴着她。热罗姆下楼去迎接他们。他们很快坐在平台上喝东西。奥罗拉没有任何东西要说的，除了一些属于"高度外交机密"的东西，她一边说，一边会意地看着她的朋友。而热罗姆却好像有很多话要说：

"又是又不是，"他回答说。他一点都不着急，或者说不那么着急："但怎么可能只有这种事让你感兴趣呢！……你知道，先生，我也有一些秘密。"

"职业机密，"奥罗拉说，"他是我的试验品。这些事你明天再告诉我吧，详详细细……"

**7月10日，星期五**。湖边，热罗姆坐在草坪尽头的一张长凳上，正在向奥罗拉汇报他的"经验"。这种经验只对他本人有用，会让他更加确信自己并不是在寻找艳遇：

"严格来说，人们能从我身上发现的惟一的东西，是好奇。我一直想知道，根据你所构思的故事大纲，那个小女孩是否不在乎我。那天，我拥抱了她，'想看看'会发生什么事。真的，我必须强迫自己。你知道，甚至在我抓住她的手的时候，不是把她当作一个孩子，而是当作一个女朋友；在我们针锋相对地说话的时候（他抓住了奥罗拉的手），想到碰到了她的手，或者这种触碰给我带来的快乐，我就感到浑身不自在。我们手拉着手走着，让我感到心情沉重的，不是我不知道是什么罪恶感给我带来了压力，而是这种徒劳给我造成的心理负担。当我对吕桑德以外的女人感兴趣时，我并没有觉得我在背叛她，而是觉得自己在做一件徒劳的事情。吕桑德无处不在，谁也不可能再做些什么。"

"可你为什么要获取这种经验呢？"

"为了让你高兴。我听从你的话。"

"哼！"

"为了看着这种经验失败：我从来就没有对任何东西深信无疑过。如果说我提防女人，不跟她们说话，不看她们，甚至不让她们接近我，那是因为我觉得我对吕桑德的爱就像是一种责任，所以，跟她在一起是一种快乐，跟别的女孩在一起就不是。这完全不是我的本意。我现在深信无疑了。如果我还在犹豫那该多好！"

"在任何爱情中，一定都有意志的成分……"

"但愿这种成分越少越好。发现它是那么少，那天就是这样，请相信我，那是一种非常甜蜜的感觉。"

7月12日，星期天。樱桃成熟了。人们决定下午采摘。大家都在场。热罗姆、奥罗拉、W夫人及其女儿们、克莱尔的情人吉尔、劳拉的同学樊尚。奥罗拉正在阳台上写东西，W夫人坐在椅子上看书。克莱尔十六岁，与劳拉同年。她身上让人惊奇的是她步态的优美、身段的灵活和关节的小巧。劳拉因其活泼而让人喜欢，克莱尔则因其高傲的慵懒而让人心跳。她脸上最重要的两种表情是，热烈地崇拜吉尔，而对陌生人呢，漠不关心，甚至有点提防。她在自己的小圈子里很听话，像个好女孩。吉尔高大、英俊，肌肉发达，说话大声清晰，有点高傲，甚至连克莱尔都难以忍受。她有时会反抗，但这种反抗很快就会以不利于她的结果而告终。樊尚矮小瘦弱，外表有点不讨人喜欢，但目光明亮而智慧。他特别爱说话，不停地与所有的人争吵，尤其是和劳拉，劳拉对他也不迁就。他们互相都假装彼此只是同学关系，事实上，他肯定要比他说的更爱她。至于她，谁知道呢？据说，男孩根据外表所喜欢的人，往往有着跟他自己截然相反的性情；但他们俩性情都差不多，彼此之间显然很默契。她似乎突然对热罗姆不感兴趣了，热罗姆觉得自己在这些新面孔中和气候的变化里有点迷失了。他感到有点郁闷，目光多次落在了正在爬梯子的克莱尔的大腿上。劳拉正经过那里，突然捕捉到了那道目光。

**7月14日，星期二。**大家到村里的广场去参加公共舞会。有个意大利人接近奥罗拉，马上就对她发起了猛烈的追求。热罗姆先是和劳拉跳舞，吉尔和克莱尔跳，而樊尚则在看来看去，有点忧伤。接着，开始跳探戈了，劳拉扔下热罗姆去邀请樊尚。克莱尔离开了舞池，热罗姆去邀请她。她回答说她要休息一会儿，然后仍然跟吉尔跳。奥罗拉已经和那个意大利人一起跳舞了，热罗姆现在一个人，他看着劳拉，劳拉有点夸张，紧紧地靠着樊尚。经过热罗姆身边时，她嘲讽地瞥了他一眼，示意他去邀请她的邻座，一个戴眼镜的胖女孩。

7月16日，星期四。网球俱乐部。吉尔和克莱尔坐在一张长凳上，等待其中的一个网球场空出来。热罗姆的注意力被吉尔的那只手吸引住了，他饶有兴趣地看着那只手漫不经心地放在克莱尔的膝盖上，而克莱尔正靠在吉尔身上。

7月17日，星期五。奥罗拉正在热罗姆家里玩。他们从花园的平台上看着那两个女孩在和她们的同学打网球，然后，回到屋里阴凉的地方坐下。

"你知道，"他说，"我宁愿陪着你，跟你说话，而不愿去打球。而且，我要对你进行道德教育。你让我进行体验，自己却胆怯地避开了所有的冒险。"

"你的体验不会把你带得太远的……"

"我在这里是暂时的，我的生活在别处。而你呢，你是严肃的，这是你的生活。"

"我也是暂时的。"

"如果是这样，我希望那也不是长久的。看到你失去美好的青春，我感到很难过。"

"我美好的青春已经失去了。"

"找个男人，不要再伤心。"

"我是否跟你打过睹，我年底之前一定要找到一个？"

"谁告诉你的？"

"我的咖啡渣……而且，一个'男人'，谁呢？在什么地方？在哪里可以找到那样的男人？"

"到处。这样的男人可不缺。比如说，7月14日的那天晚上……"

"啊，7月14日！……"

"要承认,你那天并不是很不开心。"

"说到底,所有的男人都让我喜欢。因为他们全都让我喜欢,所以我不会要他们中间的任何一个人。为什么选他而不选另一个呢?既然我不能全要,我就一个都不要。"

"这太不正常了,这是不道德的。"

"不道德,不对,因为这让我保持贞洁。我不会随便投入哪个男人的怀抱里的,不是吗?这有什么用?有什么重要?有什么好处?"

"不一定是第一个遇到的男人。"

"目前看来,是这样。如果他应该来,他会来的。"

"他会来……这里?"

"这里或是那里。我并不急。听你说话的口气,我好像老了,老了!我要告诉你一个秘密:去年,我想在一些很年轻的小伙子身边看看自己有多大的魅力。我给自己一个星期的成果打了5分。"

"5分?"

"其实,我只有3分,很好了。"

"这非常……不错,不单是荣耀?"

"是的。我本来可以不断地继续下去。但自尊心一旦得到满足,就太让人感到压抑了。而自尊心很快就能得到满足,尤其是在这个方面。我喜欢等待。我懂得等待,等待本身就是一件开心的事。"

"前提是不要拖得太久。"

"你放心吧!"

"你的故事比我的故事精彩。"

"你跟女孩子的关系更能给我灵感,因为更朦胧。"

"看来，现在是你占上风了，我的小情人消失在沙滩上了。不会再发生任何事情，我再也没有任何事情要告诉你了。她想让我妒忌她跟她的小伙伴好？我不认为是这样。她的试验结束了，就像我的试验已经结束一样。句号。她恢复了她的习惯，我将恢复我的习惯……你知道吗？"

"什么？"

"没什么。什么都没有。让我开心的是，写这部小说的不再是你，而是我。我有个想法，但我担心我的想法……"

"不，说下去。"

"应该让你猜猜。这只是一个想法，而不是既成事实。我扮演试验品的角色太认真，以至于过火了。我替我所扮演的人物设身处地地考虑问题，我以为他会预感到我预感不到的东西，事实上……事实上，我什么都没有预感到，最后便不断地追女孩，不管是大的还是小的，到了最后，我本人……可我对你说得太多了。你没听懂？"

"你的意思是说，你为自己画了句号，而不是为你的人物：他还在延续这种体验。"

"不，那个人物也画上了句号，至少在'这场'试验中。"

"这么说，一切都结束了？"

"从这个角度来看，是的。不过……"

"不过什么？"

"实际上，我想不出来你怎么可能猜到那种东西的，它纯粹是我脑袋里的一个想法。其实，它也不完全是一种想法。我敢肯定，劳拉已经猜到了。讨厌的是，当我说话的时候，就给了事情一种它本身并不具备的重要性。你在猜测，但又永远猜不到，这样我会感到挺开心的……告诉你一个秘密吧：我和劳拉之间的关系结束了。"

"是的,你已经说过。那又怎么样?"

"那就是说和劳拉结束了。"

"克莱尔呢?你不打算告诉我她也……"

"不,这不过是一个想法。不是说她爱上了我,而是说我,嗯,这么说吧,是我对她有意思。"

"这太老套了——她却爱着另一个人。"

"不仅如此。如果她对我不感兴趣,你想要我怎么做?就说她让我'心动'吧!她让我的人物甚至让我本人都有点'心动'了。仅仅是有'一点',都用不着提它,如果你对这'一点'不感兴趣的话。"

"她让你心动了?怎么个心动法?通过她的身体?"

"随便你怎么说吧:通过她作为物质的存在方式,因为我只认识这一点。可以说,我和她从来没有谈过心。而且,我跟她说话会有很多困难。"

"瞧,她吓着你了。"

"是的,面对这样的女孩,我会感到完全不知所措。你明白我的意思吗?"

"有些十分英俊的男孩也会让我产生这样的感觉。你向我承认你的羞怯,我感到很有意思。"

"可我是个很胆怯的人!一般来说,往往不是我先采取主动。我从来没有追过一个我一眼就觉得自己比她有优势的女孩。"

"那个女孩呢?"

"听着,这非常奇怪。她在我心中引起了某种欲望,但没有目的,正因为没有目的,这种欲望才格外强烈。一种纯粹的欲望,一种不渴望'任何东西'的欲望。我不想做任何事情,但感觉到这种欲望让我尴尬，我不相信还能找到令我渴望的其他女人。然后，我不想要她。如果她扑到我的怀里，我会把她推开。"

"这是一种妒忌？"

"不是。不过，尽管我不想要她，但我觉得自己对她好像有一种权利：这种权利来自我强大的欲望本身。我相信自己比任何别的人都更配得上她。比如说昨天，我在网球场上看着那些情侣，我告诉自己，在每个女人身上，都有一个容易受伤的地方。有的女人是脖子，有的女人是身材和手。对克莱尔来说，如果是这种姿势，在这种光线下，她最容易受伤的地方在于膝盖。你看，这就像我的欲望的磁极，这一点非常明确。如果她允许我的这种欲望继续发展下去，听凭这种欲望，我首先会放上我的手。然而，她的膝盖上放的是她天真幼稚、傻呆呆的男朋友的手。那只手，实在太愚蠢了，让我非常震惊。"

"在这种情况下，很容易啊：把手放在她的膝盖上。这是在驱魔啊！"

"你错了，这才是最难的事情。抚摸应该得到许可，引诱她也许更容易一些。"

**7月20日，星期一**。游完泳之后，小伙子和姑娘们，其中加入了几个同学，在草坪中玩排球。热罗姆和奥罗拉坐在游廊前，看着他们。

"说心里话，"热罗姆说，"我很喜欢娇小和脆弱的女孩。我所认识的，所爱过的所有女人，对我来说都过于强壮了些。比如说，吕桑德，可以说就是个田径运动员。从某种角度来看，她的运动员素质，一点都没有使我不高兴。但是，如果我得定做一个女人，我会定做克莱尔那样的女孩。"

"现在还来得及，"奥罗拉说，"如果她适合你，你又没有结婚，赶快娶了她！"

"但对我来说，外表并不重要。如果她想跟我好，我已经对你说过，我会拒绝她。不过，我希望能通过自由的意志来拒绝她，然而，不知道是倒了什么霉，每当我事先就渴望某个女人，最后都得不到她。我所有的成功都是偶然得来的。欲望在占有之后才产生。"

克莱尔突然发出了一声尖叫。她没接住球，怕扭了手指。吉尔粗暴地指责她，说她不会打球。热罗姆走上前去，问她是否弄痛了。他把她带来奥罗拉身边，奥罗拉检查了一下她的手指，最后意味深长地眨了一下眼睛，说"按摩按摩"就好了，然后借口说去拿果汁。但热罗姆好像并不想利用这一机会，他只满足于谈论娱乐方式。克莱尔只是笑，话并不比往常更多，最多承认她不喜欢排球，她是为了"让吉尔高兴"才打排球的。

"不应该男孩让你做什么你就做什么。"热罗姆说。

"可我并没有男孩让我做什么我就做什么啊！"她回答说。

奥罗拉回来了，端来了喝的东西。她递了一杯给热罗姆，又开玩笑地缩了回去。她差点让他失去平衡，结果给了他一个好像不经意地按在克莱尔的膝盖上的机会。克莱尔看着他，用目光向他示意自己的膝盖，但他尽量避免触碰到她。

**7月23日，星期四。**吉尔借了热罗姆的快艇。克莱尔待在他身边，他在湖上把快艇开得飞快，擦到了湖岸，完全无视规定。热罗姆正在樱桃树下看书，看到隔壁营地的看守员朝他走来，抱怨说那两个年轻人不听他的警告，开得离岸太近了，影响了游泳者。热罗姆回答说他感到很抱歉，并说他会采取措施，不再让这样的事情发生。

这个时候，吉尔下了船，傲慢地反驳那个看守员，那个看守员觉得应该当着他的面再抱怨一番。于是双方开始对骂起来，甚至到了要动手的地步。看守走了以后，热罗姆严厉地训斥这对情侣，说，既然他们一意孤行，不听劝告，以后就不要再向他借船了。吉尔大叫起来，说自己一直没有违章。劳拉被争吵声吸引了过来，突然出现，激烈地为他辩护：

"又是那些野营者！我想，你一定很讨厌他们。他们把纸扔得草坪上到处都是！把屋子破坏得不成样子！他们没有得到许可就回来，打开栅栏，好像是在自己家里一样。这些人真是不可思议！你做得对！"

"听着，你这个讨厌的女孩，"热罗姆说，"我要告诉你母亲你是怎么回答我的。"

"你尽管告诉她，她会完全同意我的意见。不管怎么说，先生，你是客人，如果这里有什么事不对劲，应该跟她抱怨而不是跟你抱怨……"

**7月24日，星期五**。在塔鲁瓦的马路上，热罗姆遇到了买东西回来的劳拉。他提议用船送她回家，这样，他就有机会问候奥罗拉了。劳拉同意了。他一边走，一边问她，他们什么时候可以再去远足。她说，她当天去不了，隔天也不行，因为她26日要去英国，要准备行李。

他觉得就这样分开挺伤心的，他们在图尔内特山上互相发誓过的友谊就这样夭折了。她回答说，他们的关系仍然很好，他们几乎每天见面，她不知道他还期望什么。

"正是,"他说,"我还希望多一点。"

"而我觉得已经很好了。如果没有再多一点,诚如你说的那样,那就是你的错了。因为是你整天坐得远远的。"

"我不想妨碍你。我看见你和同学们在一起。"

"你必须跟他们在一起。你并不是那么老啊。"

但热罗姆承认,他在内心里对她不满的原因,是她没有好好选男朋友。樊尚还过得去,但吉尔就太差劲了。

"吉尔是我姐姐的朋友,"她惊讶地回答说,"我不会跟她抢她选中的人。而且,他很不错。他们在一起非常合适。"

"啊,不,一点都不合适。她比他好一百倍。"

"你讨厌他是因为他不怕你。"

"你疯了?恰恰相反,我喜欢有个性的人。他呀,只是表面上假刚强,典型的色厉内荏。克莱尔应该甩了他——让她睁大眼睛吧!"

劳拉在想,他为什么对这件事这样耿耿于怀。

"她喜欢他,她做得对。这跟你又有什么关系?"

"我说说而已,没有任何目的。"

"是的,你无缘无故地妒忌。说不定……"

**7月26日,星期天**。这是劳拉出发的日子,她母亲一直把她送到了日内瓦。有人在叫劳拉,她从花园深处走了出来,她正在那里跟樊尚聊得火热呢!两人拥抱。樊尚有点不高兴,劳拉当着他的面让热罗姆拥抱的时间有点长。车子开了。大家都回到凉廊底下。"离别总是让人伤心,"热罗姆心想,"即使是跟你无关的人离别。"

**7月28日，星期二**。尽管天气不稳定，热罗姆还是开船去了阿内西——他第二天就要离开，有些重要的东西要买。船靠岸时，他在公园的一条小路上看见一对男女搂抱着走来。他认出来好像是吉尔。他拿起望远镜——确实是他，但那个女孩却不是克莱尔。

回去的路上，他绕道去了W夫人的别墅。克莱尔一个人在家，她告诉他，奥罗拉出去了。热罗姆请她提醒奥罗拉，他当晚请她去他家吃饭。他会在8点钟过来接她。克莱尔答应一定记住，接着，犹豫片刻之后，她问他是否刚好要去阿内西。

"我刚从那里回来，"他回答说，"有什么事吗？"

"没什么事。算了。不重要。"

但看她那副焦虑的样子，分明是在说谎。

"我可以送你去那里，"他说，"天气好像转好了。"

但他们一绕过榭尔角，天空就阴暗了下来。起风了，浓浓的乌云集结起来。

热罗姆觉得该找地方躲一躲。他来到最近的码头，那是一段私人浮桥。他们一靠岸，骤雨就倾盆而下，雨下得又大又突然，他仅来得及用篷布盖住小船，而克莱尔已经跑到一个船坞里面去躲雨了，他也跑过去与她会合。他们胡乱地在箱子上坐下。她穿着夏日洋装，外面套着一条棉质外衣。他问她冷不冷。她说不冷。她显得很不安。热罗姆偷偷地看着她，又凝视了一会儿大雨，雨好像不会马上就停住。

"即使天变好了，"他说，"我也来不及送你了，你的约会泡汤了。"

她的话比平常多。她回答说，她并没有什么约会，只是要去吉尔家送一封信。吉尔去格勒诺布尔看他的母亲了。她想让他回来就能看到信。热罗姆指责她不该在这个她比他好一千倍的男孩身上花那么大的力气：

"看到一个像你这样可爱的女孩和那样一个无赖在一起，我就感到心痛。况且还是你追他！你可以让所有的男孩都跪倒在你的脚下——好好利用吧！"

"他很好，"克莱尔回答说，"他不像奥罗拉、妈妈、劳拉等人那样对你言听计从，这说明他有性格。而且，你的看法对我来说一点都不重要。"

"孩子，知道吉尔今天下午在干什么，对你来说一点都不重要吗？"这种争论使热罗姆激动起来，"我本来不想告诉你，但你最好还是知道。他不在格勒诺布尔，而是在阿内西，身边有一个金发女郎，身材不太高挑……"

热罗姆一讲完他所侦探到的故事，克莱尔就嚎啕大哭起来。

热罗姆说了几句安慰的话，但她哭得越来越厉害。然后，沉默了一分钟，只听见哭泣声、雨击打在船坞顶部的声音和远处传来的"隆隆"雷声。克莱尔在上衣口袋里找手帕，但没找到，热罗姆把自己的手帕递给了她，她接过去，继续轻轻地哭着。她的一条腿伸着，另一条腿曲着。在漆黑的地面上，她的膝盖宛如一个明亮的岬角。热罗姆起先一直在关注女孩的眼泪，现在低下了头，看着她的膝盖。他的目光沿着她的大腿和肚子往上看，然后又慢慢地往下溜。克莱尔的肚子随着她的抽泣一颤一颤的……于是，他一个干脆果断的动作，把手放在了她的膝盖尖上，并以同样威严的态度，用手掌来回抚摸着它。

克莱尔没有马上做出反应，过了一会儿才瞥了那只手一眼。当她觉得那只手过于大胆的时候，那只手也许会突然停止抚摸。但这种情况没有发生。大家保持现状。雨势减弱了，那只手始终没有离开那个地方，它在巩固自己的成果，保持着自己的节奏。风暴停了，雨住了，克莱尔的眼泪现在差不多已经干了，目光茫然若失。一颗泪珠沿着她的脸颊滚下来，在彩虹的映照下闪了一下，吸引了热罗姆的注意力。当泪珠流到她的嘴唇当中时，他把手从她的膝盖上抽了回来，站起身，说："咱们回去吧！"

奥罗拉坐在一个牧场里，面前放着一杯椴花茶，在听热罗姆忏悔。他承认（是那场暴风雨，是因为出发在即吗？）当时有点不正常，非常需要一场突然而来的灾难。有些比意志更加强大的东西要他说一些他不敢说的话，做一些他相信自己不敢做的事：

"她继续哭着，想找手帕，但她没有手帕，我把自己的手帕递给了她，她胡乱地擦了一下眼睛，要把手帕还给我，我示意她把手帕留下。我敢肯定她当时非常恨我。如果我当时想碰她，或甚至想开口，她都会大声喊道：'别理我！'于是我就那样待着，看着她轻轻地哭泣，十分尴尬。既高兴自己试了那个动作，又感到有点恶心。我很羞愧，恨自己甚至把她弄哭了，或者是为她而感到羞愧，我觉得她应该为自己当着一个陌生人的面哭泣而感到羞愧。我感到很尴尬。

"当我感到她准备拒绝任何安慰的时候，我就更加尴尬了。如果我抓住她的手、她的肩膀，搂住她，她会受不了的……总之，她坐在我面前，尖尖的、狭窄的、光滑的、脆弱的膝盖就在我旁边伸手可及。我只要伸一伸手臂，就能碰到她的膝盖。触碰她的膝盖是最粗暴的事，是唯一不能做的事，同时也是最容易做的事。我感到这个动作既简单又不可能。就像你在悬崖边上，只要迈出一步就能纵入茫茫大海，但是，即使你想这样做，你也做不到。

"我需要勇气，你知道，需要很大的勇气。我在一生中从来没有做过如此英勇的事情，至少是如此愿意做的事情。这甚至是我唯一一次完成了我纯粹出于自愿的事情。我从来没有这么强烈地感觉到要做什么事，因为必须这样做。必须这样做，不是吗？我答应过你……

"于是，我把手放在她的膝盖上，动作迅速而果断，让她来不及做出反应。我准确的动作抢先制止了她的反抗。她只扫了我一眼，目光冷漠，甚至带着敌意，但她什么都没说。她没有推开我的手，也没有移开她的腿。为什么？我不知道。我不明白。或者说，我知道，我明白。你看，如果我用手指抚摸她，如果我试图抚摸她的额头，她的头发，她肯定会缩回去。但我的动作太出其不意了。我想，她把它当作是一种诱惑的开始，但这种诱惑并没有发生。于是，她放心了。你怎么想？"

"我觉得你说得太好了。"奥罗拉说，"可惜的是我不会速记，否则我会把它全都记下来。现在，她在想什么，对你会有什么影响吗？你组合了一系列雕塑和绘画群像，你自己怎么想已经不重要了！"

"你知道，"热罗姆接着说，"我不喜欢让女孩哭。如果我让她们哭了，那是因为她们需要得到教训。我得让她们睁开眼睛。如果我感到她有一点点震惊，我可以脸红耳赤地把手缩回来。然而，我不但没有使她震惊，反而让她感到很舒服。这个我觉得是一种引诱的动作，被她当作是一种安慰。我的内心产生了一种平静，夹杂着一丝恐惧，害怕控制不住那一刻……"

这一切让奥罗拉觉得非常可笑：

"你的故事很有趣，"她说，"但极其无聊。一点都没有邪恶的成分,除非是你自以为的。"

"我觉得恰恰相反,没有什么比这种结果更道德的了。另一方面,我摆脱了我跟你说过的那种诱惑。那个女孩的身体没有再让我想入非非。好像我已经拥有了她,我很满足;另一方面,我与此同时也做了一件'好事',想起这件好事也是我的快乐之一:我永远地把她与那个小伙子分开了。"

"她会遇到一个更坏的男孩。"

"不会,我不这么想。她有了武器,她懂得防卫了。"

"让我感到有趣的是,你忍受不了一个女人从你眼皮底下溜走。"

"我完全允许女人们从我眼皮底下溜走,比如说你。"

"我不参加游戏。"

"我要指责你的正是这一点。对你来说,我不过是一个试验品,而你对我来说却是一个非常好的朋友。而且,我所做的一切,我是出于对你的友谊才做的,这一点你很清楚。"

"追劳拉是为了我?摸克莱尔也是为了我?……我希望,追吕桑德不是为了我吧!"

"好了,你不会相信的。但如果你不在那里,什么事都不会发生,哪怕我以这种或那种方式认识那两个女孩。所以,不会再发生任何事情了,因为你不会再在那里。由于你,我达到了快乐的顶点,我再也不希望发生什么。我满足了。"

"吕桑德呢?"

"啊,吕桑德。你又提起她了!好吧,以后的一切将全为了吕桑德。剩下的一切,其他女孩,全都一扫而光,永远消失。你真是个魔术师!"

"难道你还怀疑吗?"

"当然。如果不是这样，我不会那么不小心地让你掌握我的命运。"

**7月29日，星期三**。上午9点。天空碧蓝如洗，湖水波光粼粼。热罗姆最后一次驾船靠岸，来到别墅。奥罗拉听见他的到来，从阳台上走了下来。他匆匆向她告别，请她转达对克莱尔的问候，克莱尔还在房间里。奥罗拉问热罗姆要不要把克莱尔叫醒，他说用不着。

他们拥抱着，最后一次互相叮嘱。热罗姆惋惜地说，他马上就要结婚了，而她还是孤身一人。这时，她露出难以理解的神态：

"孤身一人？不！"

"怎么不？你有情人？"

"我有个未婚夫。"

"你从来没有跟我说过。我什么都告诉你，你却在骗我！"

"你从来就没有问过我。而且，你认识他，我甚至向你介绍过他。"

"啊，是那个把你从日内瓦送回来的小伙子？不错嘛！……"

他上了船，开走了。奥罗拉的身影映在蓝色的湖面上，伴随着使劲挥手的告别动作。当她回过头时，她看见吉尔刚刚到达，把车停在门边。他走上前来，问克莱尔是否在家。这时，克莱尔刚好从楼梯上走下来。奥罗拉上了楼，不愿目睹她觉得一定会像争吵似的解释。但她忍不住站在阳台上，藏在樱桃树的叶子后面，看着那对情侣吵架，他们在草坪上走来走去，激烈地争吵。偶然能听到只言片语，吉尔的理由好像慢慢说服了那个年轻女孩：事实上，他是没有去格勒诺布尔……许多小事故让他的车开不了了……他去坐汽船时,刚好遇到了一个名叫穆蕾尔的女孩,她请他帮忙,去说服他的同学,因为穆蕾尔爱上了那个同学,等等。

他们坐在湖边的一张长凳上,互相拥抱着,接吻着,那个男孩的左臂搂着女孩的肩膀,右手抚摸着她的膝盖。

# 六 午后之爱

## 楔子

上午8点。我准备出门。我穿上雨衣,走到房间里,拿起放在床头柜上的一本书。可以听到隔壁房间里有个孩子在喊:"妈妈!"

我在浴室门口停下脚步,轻轻地敲了敲门:

"埃莱娜!"

"进来。"我妻子说。

门开了,可以从背后看见她裸着身体,正从浴缸里出来。她抓起浴巾,裹起身子,向我转过身来:

"你要走了?再见!"她说着把脸颊凑过来。

"请原谅,"我说,"可是,今天上午我有很多事。阿里亚娜哭了。没办法,我留她一个人在那里。"

"你别管了,我来吧!"

我搂住埃莱娜的腰,在她湿淋淋的肩上吻了一下。

"嗨……你会把自己弄湿的!"她说。

"没关系,我有雨衣。"

我们住在西郊,到圣拉扎尔火车站半个小时。在这个时段,车站的月台上有许多人。车厢里人更多。人挤得我都无法从口袋里拿出书。

在火车上,我更喜欢看书而不是看报纸,不仅仅是因为书的大小更合适的缘故。报纸不足以吸引我的注意力,尤其不能让我从现实生活中摆脱出来。眼下,我对探险故事感兴趣。我所带的那本书是布干维尔[1]写的《环游世界》。我早晚的行程刚好能让我读完这本书,我喜欢一口气读完一个故事。

晚上,我在家里也看书,不过看的是其他东西。我喜欢同时看许多书,每本书都有自己的时间和地点,能把我带出我所生活的时间和地点。但如果我一个人在一个四壁空空的小单间里,我就没法把书看进去,我需要身边有人的存在。

上大学时,除了复习,晚饭后我无法待在房间里。现在,我和埃莱娜很少出去。她是圣克卢中学的英文教师,晚上,她要备课,或者改作业。有时,思想上离她十万八千里,反而能让我感到身边的这具身体更加亲切……为什么在众多可以得到的美丽当中,我只对她的美丽有感觉?这是我百思而不得其解的问题。

在火车上,坐在我对面的一个年轻女子正在批改一堆作业本。她已经结婚了,我注意到了她的结婚戒指。她看起来并不像教师,埃莱娜也不像。她不时地抬起头,茫然地看着眼前。她有一双非常漂亮的眼睛……

现在,当我看到一个女人的时候,我已经不能马上把她划

---

[1] 布干维尔(1729—1811),法国航海家。

分为优秀还是不及格。不单是我对自己的鉴赏力已经不再那么自信,而是我不明白自己是根据什么标准来进行这种判断的。一个女人要吸引我,必须拥有我一眼就能看出来的"某种东西",但这"某种东西"是建立在什么东西之上的呢?

自从结婚以后,我觉得所有的女人都很漂亮。从她们最不让人注意的小事中,我能发现我以前几乎视而不见的秘密。我对她们的生活充满好奇,尽管她们不会告诉我我已知事物之外的任何事情。如果三年前,我遇到这个年轻女子,会发生什么事?她会引起我的注意吗?我会爱上她,想跟她生孩子吗?

我在人群中走着,他们从圣拉扎尔车站里冒出来,然后消失在附近的马路上。

我喜欢大城市,外省和郊区让我感到压抑。尽管车多人杂,我还是愿意跟众人接触。我喜欢人群就像喜欢大海,不是想被淹没其中、消失其中,而是想在水面漂浮,孤独地与浪花搏斗,表面上顺从它的节奏,但海浪一旦平稳、消失,我就恢复自己的节奏。像大海一样,人群使我振奋,有利于我幻想。走在马路上,几乎所有的思想都浮现了出来,甚至是关于工作的想法。

我和一个朋友创办了一家事务所,在苗圃路,离车站只有几步之遥。有三间办公室:一间秘书室,一间是我的办公室,还有一间是我的合伙人热拉尔的办公室。

当法比耶娜(两个秘书中的一个)来到办公室时,我已经坐在打字机前,在打一封紧急的信。她道歉说迟到了,我说是我早到了。她提议要替我打,我回答说我还没想好写些什么,如果我打得不好,稍后再让她重打,她不如为我在档案中找份资料。

我一边继续草拟信件,一边漫不经心地看着她寻找资料。这个女孩漂亮、优雅,长得很标致。她身体上的优点丝毫没有影响她的专业素质,如果说热拉尔和我首先看中的是她的第二个优点,我们对她的第一个优点也不是无动于衷。我们觉得和年轻漂亮的女子一起工作会更有劲,尽管我们对待她们的行为非常保守,也就是说,我不会因此向她们献殷勤,恰恰相反。法比耶娜对我来说是不能碰的,我对她来说也同样,因为她已经有未婚夫。所以,我们会在十分严格的界限内,笑一笑,看上一眼,我很难想象我会这样看哪个已婚妇女或老太婆,或是对她们这样笑。但在谈话中,我们很少超出工作范围。我们避免闲言碎语,她不会告诉我她的私事,我也不会告诉她我个人的事情。我所知道的关于她和她的生活中的一切,都是我从她打给她的未婚夫的电话中听来的,我被动地听到了一些枝枝叶叶。

那天上午,他们好像发生了争吵,因为她刚刚开始工作,那个小伙子就打电话给她,她回答时有点不耐烦,说现在不是打电话的时候,说她很好,让他别担心,她只是有点紧张,她有很多事情要做,他会打扰大家的。她挂上电话,朝我的方向美丽地笑了笑。我继续写信,刚才,为了不妨碍他们打电话,我停止了打字。

另一个秘书马蒂娜到了,这也是一个很漂亮的女孩。她穿着一件新大衣,她今天第一次穿,法比耶娜正欣赏着,热拉尔像一阵风似的进来了,打断了她们的闲聊。马蒂娜手里拿着速记本,跟他进了他的办公室。

下午1点,秘书们停止了工作,下楼到咖啡馆去吃三明治。热拉尔回家,他就住在这个街区。我要一直工作到将近2点,不想在人多的时候去餐馆。而且，我中午通常不会吃很多，在2点到3点之间在小餐馆里吃个冷餐就足够。我尽量推掉工作餐会和聚餐，所有的约会都安排在傍晚。

我坐在圣奥古斯丁广场一家咖啡馆的露天座上，吃完了我的"冷肉拼盘"。我经常遇到的一个老同事经过这里，他在该区一家公司当新闻专员。他看见了我，向我走来。我请他坐下。

"我那天见到热拉尔了，"他说，"你们的生意好像很不错。"

"非常好，几乎好得过分了：我们将被迫扩大规模，也将沾染办公室小职员的习气了。我还能保留一点癖好，比如在别人吃中饭的时候工作，在别人工作的时候吃中饭。"

"我也是，"他笑着说，"我原则上有个时间表，但我用不着遵守。你以为你有特权，其实很多人都像你一样。你看看马路上。"

"在这个时间点，"我说，"主要是女人，退休的人。"

"可所有那些人都提着公文包。"

"那是跑业务的……"

"或是律师……"

"或者是教授……也许是个便衣警察！那我放心了。"我说，"我喜欢街上人多，不管是在什么时候。这就是巴黎的可爱之处。没有比外省或郊区的下午更阴森的东西了！……"

"瞧，你也有'午后忧虑症'？甚至在巴黎，一过下午4点，我就感到有点不对劲了。也许是因为我们有愚蠢的吃中饭的习惯。"

"所以我不吃中饭，而是去买东西，不让自己忧虑，如果这种忧虑存在的话。"

我在一家大商场里闲逛，见到的大多是妇女，其中有几个非常漂亮。我扫了一眼衬衣柜台，看了看，但什么都没买。

接着，我走出商场，沿着奥斯曼大街往上走。我在一家衬衣店的玻璃橱窗前停了一会儿，看了看，决定进去。

我试了一件天蓝色的紧身毛衣。售货员想说服我，说非常合我的身。我照了照镜子，露出没有被说服的样子。

"那么蓝的呢，"他说，"你不喜欢吗？"

"不喜欢，一点都不喜欢。"

"这一件和你的肤色十分般配。"

"是的，"我说，"但不完全是我想要的。"

"你觉得它哪里不好？"

"没什么不好。不如说我不太喜欢吧！我知道蓝色适合我，但我想换换口味。"

"那就要绿色的！"

"不适合我……让我再想想吧……"

我进了另一家商店，要售货员拿一件大翻领羊毛套衫看看。有个可爱的女子，我把她当作了售货员，其实她正是这家商店的老板。她满脸堆笑地听着我说话，然后回答，一直盯着我的眼睛：

"不，适合您身材的都卖完了，除了白色的，还有一种米色的，也不算好看。不过下周再过来看看吧！"

我正要走，她拿起身后的一件针织套衫，递给我：

"您看看这件，不是太漂亮，真的不适合您。"

她见我扫了一眼货架，便说：

"那件不合您的身材,下面的,是些衬衣。"

她没有征求我的意见,就把整个系列的衬衫都摊在了柜台上:

"这些,颜色倒可能适合您,比如说这件。"

她敏捷地从玻璃纸上抽出一件,取下别针,在我胸前比划着:

"非常适合您的肤色,突显了您眼睛的颜色。穿上这件试试,好好感觉一下。"

"可我不想买衬衣。"

"没关系的,试试无妨。如果不适合的话,没有义务要买。"

"不过……我预先告诉您,我不会买的。"

"不管怎么样,试试吧,哪怕是出于好奇也好。"

我乖乖地被说服了,进了试衣间。确实,这件衬衣非常适合我。好像是根据我的肤色设计,根据我的身材裁剪的。标价一点都不贵,我撩开帘子,不知所措地看着那位年轻的女子,看自己能挑出什么毛病来:

"领子好像有点高。"我怯生生地说了这么一句。

她笑了起来:

"可是,有根别针您没有取下来。"

她走到我身边,取下那根别针,把衬衣往下拉了拉,又用手指头摸了摸布料:

"这是纯开司米的,又软又轻,不用烫。"

"我买了。"我说。

圣拉扎尔火车站的大钟指着6点。密集的人群从附近的街道和地铁口冒出来,匆匆登上台阶,沿着站台散开。

6点半。我在办公室,和一个客人谈话。法比耶娜敲了敲门,然后把门推开了一点。她已经穿上了大衣。

"您还需要我吗？"

"不了，谢谢。明天见！"

我回到了家里。阿里亚娜听见我开门，叫了我一声。我走进她的房间，她母亲刚刚安顿好她睡觉。埃莱娜注意到我手里的袋子。

"我猜，"她说，"是一件套头衫。"

"不，是件衬衣。我怕做了蠢事。我想穿上让你看看。"

我来到房间里，发现床上有个袋子，是我下午去过的那家大商场的。我一边穿衬衣，一边叫埃莱娜：

"哎，你去买东西了？几点钟？我们本来可以遇到的。真奇怪，我们没有遇到。"

埃莱娜欣赏着那件衬衣，摸了摸，又用脸在上面擦了擦，我的嘴唇碰到了她的头发。

她说：

"出去买东西回来晚了，晚饭还没做呢！"

我跟着她来到厨房，帮她削土豆。

"你让我放心了，"我说，"我怕让人骗了。"

"我不相信你那么容易上当。"

"但那个女售货员太精了：她一副根本无所谓的样子。不过，这件衬衣确实很适合我，我是一见钟情。我很少碰到这种情况。"

我在办公室里。法比耶娜推开门：

"我可以在12点半离开吗？有人来找我吃中饭。"

我同意了，她又补充了一句：

"啊,我还没告诉您呢,我要结婚了。可能是今年夏天。"

我向她道贺,问她是不是打算离开我们。

"不,我想留下来。我的未婚夫说我可以和他一起替他父亲做事,但我还是喜欢自己工作。其实他也不想让我在他父亲手下做事。而且,也没有任何因素逼我一定要工作。我可以待在家里,但我觉得那样很闷。我宁可请一个女佣,自己来上班。"

埃莱娜的一个同事 M 夫人和她丈夫来我们家吃晚饭,她丈夫在南泰尔当讲师。

"我太太和我从事同样的职业,"M 先生说,"但这并不意味着我们靠得更近。阿涅丝是数学老师,我是教文学的,彼此之间完全没有关系!你们的工作还更相近一点。"

埃莱娜和我都笑了起来。

"埃莱娜对我的生意(affaires)一点都不了解。"

"弗莱德里克甚至都不知道我的论文写什么!"

"也许吧,不过,由于你,我重新捡起了英语,在课文中读到了库克船长激动人心的旅行。"

我、热拉尔和一个与我们同龄的客人在办公室谈事。严肃的话题结束了,我们准备喝茶。

法比耶娜送来了杯子。

"这场招待会最让我恼火的是,"热拉尔说,"那些家伙都觉得一定得带自己的太太来。好像她们在家里忙得还不够,还要把她们带到外面来忙。再说,我的太太是医生,弗莱德里克的太太是老师,她们都有自己的工作,可我们还要强迫她们做这种苦差事!"

马蒂娜进来了，手里端着茶壶。热拉尔问她是否愿意陪他参加晚上的宴会。

看到她好像对这种邀请不是太感兴趣，他便说：

"我知道了，"他说，"你要问问你的未婚夫……啊，你们分手了！……另外找了一个？……这些女孩，真拿她们没办法，她们永远都是'未婚妻'！而且，订婚是很严肃的事，一定要成双成对地外出……我和我太太几乎从来没有一起出去过，我爱她，事实上我对她也很忠诚，但这并不妨碍我喜欢有一个漂亮的女孩陪着。如果不是想在晚会上碰到一个漂亮的女孩，去追求她，我不知道为什么还要傻呆呆地去那里浪费时间。这是起码的回报！……"

我在大街上走着，遇到一些女人。我坐在露天咖啡座上，看着女人经过。

如果说有一件什么事我已经做不了的话，那就是追女孩。我根本不知道该跟她说些什么，而且，我没有任何理由要跟她说话。我不想要她的任何东西，也不想向她提任何建议。

然而，我觉得婚姻关闭了我，封锁了我，我想逃脱。想到平静的幸福永远展现在我面前，我就黯然神伤。我开始怀疑不那么遥远的过去，那时，我可以感受到怀疑的折磨、迟疑的痛苦和等待的焦虑。我梦想一种只有初恋（即持久的爱情）的生活，也就是说，我想要一种不可能的生活……

当我看到情侣的时候，我很少想到自己，想到过去的我，而更多是想到他们，想到他们的未来。这就是我爱大城市的原因：人们来去匆匆，看不见他们衰老。在我看来，巴黎的街道之所以那么有价值，是随时随刻都能遇到那些女人，她们永远存在，又转瞬即逝，我几乎可以肯定不会再见到她们。她们只要在那里就可以了，有没有意识到自己的魅力这不重要，重要的是她们高兴地在我身上证明了自己的价值，就像我在她们身上证明了自己的价值一样，通过一个默契的动作，甚至不需要特别的微笑和眼神。我深深地感到了她们的魅力，却没有因此而受到诱惑，所以她们不会使我离开埃莱娜，恰恰相反……

我对自己说，这些在眼前经过的美是我太太的美的必要延伸。那些美用自己的美丰富了她的美，也从她那里得到了一点美。她的美确认了大家的美，反之亦然：拥抱埃莱娜，也就是拥抱所有的女人……

但另一方面，我也觉得自己的生命在流逝，别人的生命也与之一起流逝。我好像挺失望的，对那些生活感到陌生，不能抓住这些女人当中的任何一个，哪怕是一瞬间。她们脚步匆匆地不知去哪上班，走向我不知道是什么样的快乐……

我在梦想，梦见自己拥有了所有这些女人。几个月来，在失意的时候，我喜欢梦想，这个梦慢慢地清晰起来，一天比一天丰富。幼稚的梦，也许受我十岁时看过的书的启发：我想象自己拥有一个小仪器，挂在脖子上，它发出的磁场能消除别人所有的意愿。

我梦想着在经过咖啡座前面的女人身上施展其威力：

**第一个女人**无动于衷地走着。我颇有礼貌地迎上去。

我："对不起，夫人，我能问您一下您很急吗？"

她："说实话，先生，我不急，不太急。"

我："能浪费您一个小时吗？"

她："应该可以。"

我:"跟我一起浪费这个小时您会感到愉快吗?"

她:"说真的,我不知道。"

我:"那我们就试试吧。这样您就知道了。"

她:"确实是这样,那样我就会知道了。好主意!"

**第二个女人**犹豫不决地走着。我向她微笑,她也对我微笑。

我:"夫人,我想拥抱您。"

她:"我也想。"(她扑过来搂住我的脖子。)

我:"小心被您丈夫看见!"

她:"他不在。咱们去我家吧!"

**第三个女人**在遛狗。我迈着"之"字步向她走去,搂住她的腰。她抬起头,兴奋地看着我。

我:"和您,我甚至都不用说话!"

她:"您的意图是那么明显!"

我拦了一辆经过的出租车。

**第四个女人**在人行道的角落里,好像在等客人。

我:"小姐,您是专业的吗?"

她:"一万。"

我:"我的价格是两万。"

她:"好,说定了。"

她让我签了一张支票。

**第五个女人**身边陪伴着一个小伙子。我迎向她。

我:"小姐!"

206

他:"有什么事吗?"

我:"我不是跟您说话。"

他(糊涂了):"啊!那好。"(他走开了。)

我(对那个女孩):"您愿意跟我走吗?"

她:"我要跟他走。"

我:"甩了他。"

她:"他会怎么说?"

我:"由我来管。(对那个小伙子说)愿意把您女朋友让给我吗?"

他:"说心里话,不愿意。"

我:"老实说,您是想让我带走她,还是想……我把你活活地吞了?"(我可怕地瞪着眼睛,牙齿咬得格格响。)

他(走开去):"当然,如果您愿意这样的话!"

**第六个女人**跑着穿过广场。我一把抓住她的手臂,把她拦住。她愤怒地扭过头。

我:"您愿意跟我走吗?"

她:"不愿意。"

我:"为什么?"

她:"我要去另一个男人家里。"

我:"我……嗯……"

她:"没必要说'嗯'!您找不到理由的。我只喜欢他,跟他在一起我才感到开心。亲爱的先生,这是无法改变的!"

我不安地看着那仪器——不对啊,它并没有发生故障……

# 一

这就是我接待克罗埃的来访时的思想状态。不能说重新见到她我很高兴,她在我心中唤起了我希望忘掉的往事。她曾见证了我和一个叫米莱娜的女孩暴风骤雨般的爱情,我认识埃莱娜的时候刚刚离开的那个女孩;同时,我也见证了她跟我的一个朋友布鲁诺同样火热的爱情。布鲁诺现在已经结婚,我差不多跟他也失去了联系。我知道他很爱她,可她几乎是公开欺骗他,弄得他差点自杀。我尽全力帮助我的这个同学离开了她。她知道这点。我完全有理由相信她并不喜欢我,尽管表面上我们的关系还挺不错。

无论是在知识上、道德上还是在社会关系上,我都不怎么知道该如何划分她。她没什么文化,但直觉很灵,有时甚至能说出很精辟的话,让人大为惊讶。她的不少地方都很俗,但在某些方面,比如说在色彩方面,感觉却非常好。她不讲什么道德不道德,我亲眼见过她行过善,也处心积虑地做过坏事。为了她,布鲁诺毁了自己,而且毁得很傻,因为她可不是一个容易被收买的女人。她喜欢玩弄男人,当她从某个人那里弄到钱时,我注意到她从来不会给予回报。我认识她的时候,她还在塞夫路的一家商店里当售货员。很快,她就丢了工作,泡在夜总会里,今天住在这个人家里,明天住在那个人家里,生活时髦,后来开始当模特,那份工作似乎前途光明,但她没干多久。她找了许多时髦的男人当"未婚夫",后来跟一个年轻的美国画家去了加利福尼亚,从此,我便再也没有她的消息。

然而有一天,当我像往常一样,在4点钟左右回到办公室的时候,法比耶娜告诉我有个人在等我,一个年轻的女人想亲自找我说话。我感到很惊讶，打开门，没有马上认出克罗埃来，因为她背对着光坐着。我突然感到非常冷。我说话的口气非常粗鲁，但她没有因此而不安：我想不起她来，这是正常的，那么久以前了！而且，她只是路过这里而已。听到我在电话里跟别人确定马上就要到来的约会，她准备离开。

我留住她，对她说我们还有几分钟时间，我很惊奇她怎么会知道我的地址。她回答说她偶然遇到了布鲁诺过去的一个朋友，是他给她的。她来附近买东西，觉得理所当然应该来跟我打个招呼。她选错了时间，感到很遗憾。她说这话的时候神情是那么真诚可爱，让我为自己刚才粗鲁地对待她感到羞耻。我问她在干什么——在等待更好的机会之前，她暂时在圣日耳曼大街一家夜总会里当女侍者。只有下午有空。当法比耶娜通报客人到了的时候，我一边送她走，一边客气地补充说："那好，我也是，我有时下午也有空。打电话给我，我们去喝一杯。"我不相信她会把我的话当真。

然而，一个星期后，她真的打电话来了，我不在。她要我回来后回电话给她，并给了一个号码。我没有打，但当她再次打电话来时，我回话了。她想马上就见我，非常重要。我对她说这是不可能的，我建议第二天下午两点见面。

她提早到了，我正在写一封信。她开门见山，说自己正在找工作：我能给她找份秘书工作吗？

"这里是不可能的，"我说，"我们的同事都在，而且，不管怎么样，我们需要有专长的人。"

"可我也有专长啊！"克罗埃叫起来，立即走向打字机，"我在美国当过一年的打字员。"

"你懂会计吗?"

"不懂。但我可以学。"

她笑了起来,发现我这么害怕,她感到很好笑。她看得很清楚,我不想要她。她并不着急:

"放心吧,我自己能对付,我并不想抓住你不放。"

她准备离开,还安慰我说,不管怎么样,她都会保留对我的美好回忆。她一直以来对我都有深厚的友谊。如果我忘了,那没关系,她不会忘。我回答说我对她一点都不好,不断在布鲁诺耳边说她的坏话。

"你是对的,我不是个好女人。而且,你不要装出坏人的样子,这不适合你。"

她的恭维巧妙地带着一丝嘲讽,让我大大地感到轻松了,以至于我不但没有果断地斩断跟她的关系(我正要这样做),反而建议一起去喝杯咖啡。

我们找了一家小酒馆,她详细向我解释了她的现状。她和一个叫塞尔日的年轻人住在一起,塞尔日是她现在工作的"阿伽门农"夜总会的合伙人。一个伴而已,她不爱他,忍受着他,随时准备离开他,同时离开夜总会。她问了我一些问题,我没怎么隐瞒地跟她谈了我的生活和我的妻子,我的妻子马上就要生第二个孩子。我安慰她说:那可不是米莱娜。我过着十分小资的生活,晚上几乎不出门,离天天晚上在外面玩的时代已经很远了。她赞赏我,羡慕我。她现在的生活压得她喘不过气来,工作很累,夜总会很下流。当然,她比当售货员或接线员的时候赚得多,但她知道总有一天,她会甩门而走。

我难得陪埃莱娜逛了一次大商场，埃莱娜的大肚子已经很明显了。阿里亚娜也跟母亲来了。买的东西跟她有关，要买一张新床，她的床已经太小了。就在我们要走出商场时，我们遇到了克罗埃。她料到我会尴尬，便主动自我介绍说，她是我和埃莱娜都认识的布鲁诺的一个老朋友，她祝贺我们两人结婚，又对小女孩笑了笑，然后便离开了我们。

"这是你的朋友布鲁诺的前未婚妻吗？她好像并不那么危险。"埃莱娜只评论了这么一句。

下午6点，克罗埃打电话到我办公室，说要过来。不一会儿，她就到了，夹着一包东西。是一件婴儿穿的长袖内衣，还有给阿里亚娜的一件围裙。我对她说这真的不好意思。她回答说这是小意思，她喜欢孩子，忍不住要给他们买点礼物：

"我也要祝贺你有个好太太。你找不到比她更好的了。千万别欺骗她，到外面去花心。"

我对她说我丝毫没有这个念头。她取笑我，说，我是一个十分多情的丈夫，经常看女人，看女行人、女侍者，甚至看我的女秘书。她知道怎么击中我的要害。

"是的，没错，我追米莱娜的时候，眼前蒙着布，像个奴隶。现在，我对埃莱娜很放心，就像她对我也很放心一样，所以我可以看我周围的人。我觉得没必要把自己的所有思想、语言或行为都向太太汇报，她也觉得没必要这样做。"

但克罗埃不同意我的这种辩证法，觉得这不过是习俗使然，会产生毁灭性的影响。

"我想你给自己留了一间逃生门。也许不是马上用，而是等到哪天你厌烦了那个最漂亮的女人的时候。"

我生气了。当我整理东西,灭掉灯,关上门时,我试图重新挑起那个话题。我解释说,对我而言,自由是非常宝贵的东西,为了它,我牺牲了更加灿烂的前程。我对自己的状况还不敢完全肯定,埃莱娜也同样。她在写论文,她将利用自己的产假加快进度。克罗埃在楼梯上响亮地大笑起来:

"你的孩子,他生下来就会戴着眼镜!"

回到家里,我把礼物给了埃莱娜,让我感到吃惊的是,她很喜欢,甚至和蔼地建议我请克罗埃到家里来吃晚饭。我回答说这是不可能的,因为她晚上要工作。而且,不管怎么样,我们没必要还礼。为了让我太太对我和克罗埃过去的关系放心(尽管她已经放心),也为了让自己有理由来反驳她,我谈起布鲁诺的这个旧情人时,装出一副居高临下和怜悯的口气。

几天来,克罗埃没有再出现。我想她对我的好奇已经得到满足,要去找其他有趣的题材了。我既感到解脱,也有一点点气恼。

然而,一天早上,当我来到办公室时,她已经坐在椅子上等我,脚边放着一个行李箱。她好像一夜没睡。她向我解释说,她在塞尔日睡觉的时候离开了他。

"我睡不着。我在问自己躺在那个人的床上干什么。我觉得他完全是个陌生人,于是就走了。你觉得我疯了吗?"

"如果你必须这样做,早做总比晚做好。"

她不知道住在哪里:我能不能留宿她,哪怕是暂时的也好?我回答说我们没有地方。

"婴儿睡哪里呢?"

"和他姐姐一起睡,或者,如果我们请保姆的话,就把现在用作杂物间的那个房间整理一下。我可以把它重新粉刷一下,我自己粉刷,或者请几个朋友帮忙。孩子出生后,由我来当保姆。我喜欢孩子,我不要工钱,管我吃住就行。你看多实惠!"

看见我吓坏的样子,她笑了,说,其实,她知道去哪里。有人告诉她在蒙马尔特有个房间。

"至于工作嘛,我可以等。"她从包里抽出一叠钞票,她还来不及存到银行里去。

她问我白天是否能抽点时间和她一起去看看那个房间,因为那是一个转租的房间,她希望有证人在场。我说我可以马上陪她去,但去之前,我得迅速处理完手头的事情,吩咐一下两个秘书,还要跟热拉尔谈一下。我向他介绍了克罗埃。

在楼梯上,在马路上,一直到出租汽车站,克罗埃都在大骂办公室的形式主义,说他们只会做表面文章,做没用的事。

"当我走进一间办公室时,我觉得里面的人都很虚假。那些人摇晃着身子,问:为什么?什么都不为。如果办公室不存在,一切都不会更差。他们不过是在制造文字和文件。"

"那么你呢?当你给别人端酒时,"我有点恼怒地说,"你也在制造?"

"我给人以快乐。"

我们去了她所说的那个地方。房间很小,很暗。女房东起初把我们当成是一对,说这里只有一张单人床,后来发现自己多管闲事了,克罗埃大笑着说没关系。

我觉得克罗埃需要安慰,便邀请她到大街上的某家餐馆吃中饭。她仍然感到很忧伤,继续告诉我她的一些隐私:最近,她多次产生了自杀的念头。

"我很想死,但我在行动上没有勇气自杀。如果抬起指头就能去天国,大家都会去的。为什么要活着?如果对自己的生活不是百分之百地满意,应该去死才符合逻辑。但出于懦弱,人们仍然活着……在塞尔日家里,我有办法没有痛苦地死去:打开装在房间里的煤气阀门就可以了。这种诱惑太强烈了,这是我离开那里的理由之一……我对生活已经没有任何期望。爱情,如果说我以前相信过的话,我现在已经不再相信。我对塞尔日唯一的感情是怜悯。他是个可怜的男人,我是个可怜的女人,于是两个人走到了一起。"

她指着在邻近餐桌上聊天的两位女士说:

"看到别人活着,并不能让我产生想活的愿望。活着,然后有一天像那个女人一样,我感到很恶心。"

"可你不会像她那样!"

"我会成为一个女流浪汉。"

"我却恰恰相反,"我说,"看到别人活着,我感到心里很安慰。生活有幸福的,也有不那么幸福的,但我觉得没有任何一种生活是不好的。如果所有的生活都一样,是的,在这样的情况下,我会自杀的。让我感到安慰的是生活的丰富性。"

"所有的人都很卑微,而且卑微地活着。我唯一愿意看到他们生活着的,是孩子。如果他们将来也会变得卑微,那就没办法了。他们有过童年。唯一让我留恋生命的,是希望有个孩子。但我想把孩子留给我自己,他父亲甚至无权来看他。"

她还下决心不再跟男人同居。如果她有情人,他们将分开住。她不想让任何人有权永远赖在她的床上。

"我疯了,"她最后说,"我的故事烦死你了!不过,如果你不太讨厌我，能有个人不时地向他倾诉，这真好！尽管你不同意我的观点，但我说出来心里好受些。"

她的信任让我有些感动。我抓住她的双手，轻轻地吻了一下她的脑门。她过来靠在我的胸前。

"你也帮助了我，"我说，"你十分真实的痛苦让我摆脱了我想象出来的忧虑，我哪天会解释给你听的。"

离开我之前，她问我，我哪天是否能帮助她到塞尔日家里去拿她留在那里的东西。我犹豫了一会儿，但最后还是同意了。

为了避免不愉快，因为争辩有可能非常激烈，克罗埃一直等到她的前男友去度假。她在酒吧里打电话给我，要我放心，说是三天以后。

"那也是我的家，我有钥匙。"她想打消我最后的顾虑。

尽管我没兴趣在别人不在的时候进入他家，但大胆冒险对我不是没有吸引力。我感到自己成了某部侦探小说中的主人公。可当我们发现，门上有一把新的挂锁时，事情就复杂起来了。克罗埃发怒了，又喊又骂，用脚踢，差点把门踢破。我怕闹出事来，便采取了一个极端的办法：锁扣的螺钉并不牢，很容易就能拆掉。我们进了门。克罗埃把手提箱装满，自己的东西一件不留，包括贴在墙上的几张照片，我帮她揭了下来。

在出租车里，她扑上来搂住我的脖子，笑塞尔日回来时大发雷霆的样子。

"我喜欢你，"她说，紧紧地靠着我，"你真的救了我的命。"

但当我独自一人的时候，我的兴奋点一落千丈。看到克罗埃滥用我因同情而给予她的权利，哪怕是无辜的，我又像以前那样感到了害怕。我决定要减少和她的约会，因为，她有时间，会不会每天下午都跑到我的办公室里来？然而，事情却恰恰相反。她失踪了一个星期，我原先怕她突然出现，现在慢慢地觉得有点不高兴了，觉得她利用了我之后把我甩了。最后，我甚至无法控制住自己的激动，每当回办公室发现没有她的音讯时，我都会感到有些失望。

终于有一天，她在下午4点左右出现了，事先没有通知我。尽管我说话的口气咄咄逼人，却难以掩饰内心的兴奋。她道歉说事先没有跟我打招呼，但她在找工作，花了许多时间，她担心老是给我讲她不幸的故事我会烦。现在，她可以昂着头重新出现了，她终于在一家饭店里找到了一份女侍者的工作。她从昨晚开始工作，那里比阿伽门农夜总会好，唯一的烦恼是不再是整个下午没事了，只有4点到7点有时间。我并不觉得她的新工作有什么好，她解释说那是一家时髦的"小酒馆"，她可以得到可观的小费，接触到的人也比以前夜总会的人更加有趣：

"我能见到一些很好的人，他们会对我有用：有钱的人，有地位的人，而不是没钱的无业游民……"

从此以后，我们见面就不容易了，但这也使我们的约会更宝贵了。克罗埃从来就不能肯定自己什么时候有空，她的客人往往吃饭吃得很晚。而我呢，我既不能也不想改变我在傍晚处理事务的习惯。

于是，我觉得，我和她的谈话不再像我以前担心的那样，好像是一天中的负担，而是相反，成了恢复体力的课间休息。见到克罗埃，我会觉得格外的自如。我会毫不羞耻地向她承认我所有的想法，甚至是最隐秘的思想，我一直觉得好像不能对人说的东西。我不再老是一个人慢慢地反嚼自己的幻想,而是学会了释放。

在这之前,我从来没有对哪个人,尤其是对我爱过的女人这般真诚和自然过。我希望她们看得起我,所以我在她们身边老是装模作样。埃莱娜很严肃,很有学问,使我不知不觉地用让人开心甚至是顽皮的方式跟她说话。她喜欢我这一点,我们俩之间有一点害羞的感觉,所以妨碍了我们互相袒露内心。也许这样更好。我所扮演的角色,如果这是一个角色的话,起码比我在米莱娜身边扮演的角色更有趣、更放得开。我觉得在两个共同生活在一起的人之间有点神秘感是必要的。

为了尊重埃莱娜,当着克罗埃的面,我从来不讲在她看来可能会贬低我太太的事,只说她如何有魅力,如何有德行。我老是这样恭维她,克罗埃终于生气了:

"你在拿我开心。你真的在拿我开心。你是想向自己证明你爱自己的太太。如果你不爱她,如果你不像开始的时候那样爱她了,这并不是灾难,而是正常的。事实上,不老是拴在一个人身上这才是正常的。婚姻在今天是一件毫无意义的事情。"

"我不是因为她是我太太我才爱她,而是因为她这个人我才爱她。即使我们不结婚我也会爱她。"

"不,你爱她,如果说你爱她,是因为你觉得你应该爱她。我忍受不了哪个家伙像你爱她那样爱我。不过,说到底,我是个例外。我不会妥协。而你呢,既然你是个有产者,那就表现得像个优秀的有产者的样子吧:不跟妻子离婚,但欺骗妻子。这是一个安全阈,如果适可而止,这会对你有好处。非常好,你不觉得是这样吗?"

由于形势所逼,我们曾一度密集的约会现在又稀疏起来,因为我和她的时间老打架。我们整个星期见不到面,隔一个星期,我还是那样忙。星期二,酒馆关门的日子,我首先要干正事。

"如果你下午没空,我们晚上见面。"她说,"你就对你太太说,事情没做完,你以前不也经常这样嘛。"

我回答说,这样欺骗我太太我会感到脸红,另一方面,也会玷污我们纯洁的友谊。克罗埃冷笑起来,但她怕我越来越抵制,便改变了说话的方式,口气软下来,抱怨说:

"事实上,我是想求你帮个忙。我认识一个男人,他要向我介绍一个重要人物,某家成衣公司的经理,他可以为我在他的公司找份工作。只是,我怀疑我认识的那个男人想占便宜。所以,我和你一起去,他就会知道我不是那种随便的女人。而且,我想知道你对他的看法。我不相信你会喜欢他。"

"那是个什么人?"

"我是在酒馆里认识他的。"

"你以前没有跟我说过。"

"啊!不值得一提的人!我每天都认识新的人。那个人挺英俊,吹嘘说他想要哪个女人就能得到哪个女人。他向我打赌说,他会得到我。"

"那……他会赢吗?"

"当然不会,他将白费力气。你妒忌了?"

"我?为什么?可我好像觉得你不自信:你说话就像一个小女孩。"

"是的,我就是个小女孩!当某个人在合适的时候进攻我,哪怕他没有机会,我也会激动。所以你更应该去了。我非常想知道吉安·卡洛看见你和我一起去的时候的反应……"

晚上，我在看书，埃莱娜在写论文。她仔细地查阅档案、笔记，思考着，完全沉浸在研究中。有时，她会茫然地向房间里扫上一眼，但目光从未落在我身上过。

"好，够了，"她最后说，"要想通点。在这种情况下，我觉得最好还是在傍晚就停止工作。晚上，我应该早点睡，在床上看点书，如果不太影响你的话。"

"对了，"我说，"星期三我要参加一个研讨会，会后有餐宴。你想去吗？"

"你疯了？不过，如果对你来说很重要，你就去吧。我可以利用这个机会早点睡。我需要睡眠。"

星期三，6点钟的时候，我在热拉尔的陪同下离开了法庭，我们坐出租车回到办公室。秘书们已经走了，给我留了一张条子：

"克罗埃打电话给你。她抱歉说不能来。"我当着热拉尔的面，掩饰不住自己的慌乱。我去打电话，关上门，拨了克罗埃房东的电话号码。

"她不在，"对方回答说，"她不睡在这里，起码已经有三天了。"

我回家时，埃莱娜已经睡了。我已经想好怎么说了，我并不一定要参加那个"研讨会"。

"你为什么不打电话给我呢？"她说，"我没有准备你的晚饭。"

"我不想让你忙太晚。你去睡吧，我自己来弄晚饭，我喜欢做饭……"

吃完晚饭，由于睡觉还太早，我便来到客厅，想看看书，但无法集中精力。晚上，我睡不着，但到了半夜1点，睡意突然袭来，我都来不及离开座椅。第二天上午，埃莱娜发现以后问："你怎么了？"

我支支吾吾地说，我舍不得扔下书本，读着读着就睡着了。

第二天，在火车上，在办公室里，我要费很大的劲才能恢复平静。我觉得自己找到任何借口，见到任何人都可能随时发火。最让我生气的是克罗埃好像对我无动于衷。她对待我就像对待哪个被愚弄的情人一样，甚至想通过这样的方式让我妒忌地想念她。

几天后，我收到了来自意大利的一张明信片，上面这样写着："我在度假。很快见面。克罗埃。3月10日。索伦托。"

## 二

3月17日，我们的孩子诞生了。是个男孩。他的脾气好像比姐姐坏，而姐姐也不甘落后，开始任性起来。埃莱娜的精神快要崩溃了，我建议她延长假期，因为过了复活节，她的假期就要结束了，但她坚持要去上课。我说，我们可以花一点点钱，请个保姆。

当然，我让埃莱娜自己做决定。我还以为来的会是个丑女人，见到的却是个身材细长、清新可爱的英国女孩。在别的时期，我会有点担心自己受到影响，但我现在有两堵墙保护着我：

一是克罗埃,一是埃莱娜。脑子里有了她们,再去想其他女孩,不管这种想法是不是无聊,我都觉得是一种侮辱。最近几个月,克罗埃成功地让我对别的女人不再感兴趣,无论是在道德方面还是在身体方面。像我们现在雇佣的这个金发女孩,我对她的灵魂和她随意显露出来的身体一点都不好奇。孩子一哭,她会裸着身子从浴室里跑出来。

终于,复活节过后几天,克罗埃又出现了。我忍不住无情地说了她。

"我不明白你有什么好指责我的,"她说,"我给你打过电话。难道你愿意我告诉你我是跟吉安·卡洛一起走的吗?但我想你已经猜到了,我跟你提起过他。"

她对自己很满意。她在一生中经常上男人的当,上这种男人的当。她迟早都要报复。这种报复是冷酷无情的。她会让那个意大利人疯狂地爱上她,然后她再跟一个英国大学生私奔。那个大学生非常英俊,但年龄实在太小了,几天后,她会让他自己做出选择:

"就这样了,假期结束了。但我已经辞掉工作,离开了那个肮脏的住处,临时住在开车把我带回来的那些人家里。我在银行里还有一点钱,我可以等。"

她有点晒黑了,神情很放松,以前常穿的旧牛仔裤换成了一身漂亮的套装。那天,她容光焕发,满脸皱纹、刚刚生完孩子的埃莱娜和她一比,显得黯然失色。和她一起出去,如果可能的话,我觉得比她外出度假之前更加自然。

然而,在家里,我觉得自己很做作。孩子的出生,女佣的来临,太太忧心忡忡的样子让我意识到自己在扮演父亲这个角色,我像观众一样看着自己表演。为了让孩子们安静下来,可能也是为了让埃莱娜开心,我会即兴表演各种滑稽动作,比如说,滑稽地把套头衫掀到脑袋上,像个风帽,眼睛瞪着滚圆。

我既是个观众,但对克罗埃来说,也是个叙述者,因为她不断地问我关于儿子的事,问我当父亲的感觉。那个时期留给了我非常美好的印象。我不但享受生活,而且把它讲述了出来,让我喜上加喜。我清楚地意识到了这种双重性,承认她没有给我造成任何不便。当然,有时,当我在咖啡馆的镜子里看见自己和克罗埃成双成对,我会感到惊讶,不敢相信自己的眼睛。如果埃莱娜突然撞见了我们,她也会不敢相信自己的眼睛。我在想,如果她撞见我陪克罗埃逛商店,建议她买裙子或长裤,而她却从来不就自己的打扮征求我的意见,她会惊奇成什么样子。

慢慢地,克罗埃的脾气坏了起来,她的经济来源枯竭了,她找不到工作。有一天,我们在街上散步,嘈杂的大街和拥挤的人群弄得她恼火起来,她说她浪费了时间,也让我浪费了时间。我请她去喝一杯,她拒绝了,她想回自己的住处。她在街上跑了起来,去拦出租车。我追上去,在车流中用力拉住她,汽车在我们身旁擦边而过。最后,她嚎啕大哭起来,乖乖地跟着我来到一个公园里……

我们坐在长凳上,克罗埃紧紧地靠着我。她的眼睛还是湿的。"你看,"她沉默了一会儿之后,说,"你是我忍受这种生活的唯一理由。没有你,我已经自杀一千次了。"

"别说这种话!"

"可这是真的!为什么别人不像你这样?他们全都是混蛋!"

"我对你好,是因为我们的关系是完全无私的。但是,在工作上,我是很认真的。"

她对着我抬起了头,大笑起来,用双手抓住我的头发,拼命地吻我的脸,然后松开了一点,用双臂搂住我的脖子,把嘴唇凑了过来。我把自己的嘴唇压了上去,吻了很长时间,然后挣脱开来,抚摸着她的头发:

"听着,克罗埃……"

但我一开口,她就站了起来,向我伸出手来:

"咱们走吧,如果你愿意,我们不说话。"


在办公室里,法比耶娜在打电话,她的一句话让我竖起了耳朵:有家时装店在找一个女营业员。

"对不起,"我对她说,"我听到了你的话,你觉得克罗埃干得了那工作吗?"


第二天,她就被雇用了。那家店在玛德莱娜教堂附近,离我的办公室只有五分钟。除了女老板,卖东西的只有两个女孩,而老板娘又常常不在。克罗埃中午上班,一直上到晚上11点。她的同事来得早点,傍晚6点左右下班。她们两人都不吃中饭,只是到隔壁的点心店啃一块馅饼或咖啡蛋糕。

显然,我们越来越难见面了,只剩下星期一,那是商店休息的日子。克罗埃一直催我去看她,有一天,我在下午2点左右过去了。另一个售货员趁这一时间人少,去点心店吃东西了,剩下我们两人。克罗埃很温柔，女老板对她言听计从，她很喜欢这工作，最重要的是，她在同一栋楼里找到了一个房间。她花很少的钱就能住在那里。

来了一个顾客，打断了我们的谈话。我怕妨碍她，准备离开，就在这时，那位女顾客问了她一个问题，她觉得她的同事对这事更了解，能答得上来，便匆匆去找她，示意我留下。我站在一张小桌子后面，上面堆满了杂志，我翻阅着，女顾客看着挂钟，她把我当作是经理，问我她能不能试试裙子。我彬彬有礼地指着试衣间，像克罗埃那样脸带微笑，点点头。我惊奇地发现自己在干一份新工作。

这天是星期天。我在给埃莱娜拍照，她把女儿放在膝盖上。

"很好，你们俩都很好，尤其你是。哎，我给你一个人再拍一张。"

"可你已经给我拍过一百次了！"

"是的，可我想精益求精。我不知道是我进步了还是你更漂亮了，但当我看到我们结婚时候的照片，我会问自己，我是怎么想到要娶你的。"

"我也同样。"

我笑了，她也笑了。我按下了快门。

星期一，商店休息，但克罗埃要去店里整理货物，要我陪她。我见她充满了热情，她马上解释给我听：

"老板要去圣让德吕兹，她在那里还有一家商店，我得好好表现，让她在出差期间委以我更重要的责任。你看着吧，我很快就会成为经理。"

她打开一捆新裙子：

"这件很漂亮，我要试试。"

她脱掉自己的裙子，露出了里面的黑色紧身长筒袜，然后穿上新裙子：

"不错，是吗？你觉得怎么样？"

"你知道，"我说，"我从来不喜欢裙子。我不认为裙子本身有美丑之分。我得说，这件裙子很好地衬托出了你的线条。人们喜欢的不是裙子，而是你。"

她一言不发地脱掉裙子，扔到身后，然后上前一步，做了个跳舞的姿势，单腿弯曲，上身不动，双肘微微分开。接着，她向前伸出双臂，与肩齐平。我走上去，钻到她的双臂当中，直至完全靠在她身上。我双手抱住她的腰，顺着其轮廓往下摸，好像想证明她的身体有多完美。

"是啊，"我说，"你的线条很美。"

她含情脉脉地向我抬起头。我弯下腰，去吻她的嘴唇，但不知道该不该拥抱她。几秒钟后，我觉得魅力消失了，她脸上的表情生硬起来，微笑凝固了。我试着她跟说话：

"听着，克罗埃！"

"不，我不听。"她一边挣脱，一边穿回原来的裙子，"我知道得很清楚你要说些什么，你会跟我说你的太太。"

"啊，不，"我说，"绝对不是。我想的不是我太太，而是想你，想我们正被破坏的友谊。"

她冷笑起来：

"我不相信什么友谊，无论是在你这方面还是我这方面都没有友谊……"

沉默了一会儿之后，她又说：

"你知道，一段时间以来，我慢慢地发现了一件事情：那就是我喜欢你。我爱你，我爱上了你。"

我耸耸肩：

"我很希望你没有爱上我。如果你爱上了我，我就要逃离你了。因为你想独自占有我，让我离开我太太。"

"不一定。现在这样我感到很幸福。我只需要知道我爱你并且亲口对你说出来。我的想象力很丰富，你知道。我甚至可以在跟别人做爱的时候想象自己是在跟你做爱。"

"你疯了！"

"我没疯，疯的是自以为爱他与之生活的那个女人的人。我不可能爱一个赖在床上并觉得自己有权赖在那里的人，尤其是如果他是我的孩子的父亲……你知道我很想有个孩子吗？"

"是的，你对我说过。"

"你要知道，我找到了那个当父亲的。"

"啊？"

"是的。那就是你。"

她向我走来，盯着我的眼睛：

"别笑，这是非常严肃的事情。我很想跟你生一个孩子，我总是想到做到，你知道。我是经过深思熟虑的。我找不到别的我愿意让他当孩子父亲的人，而你呢，你符合所有的条件。你已经结婚了，你很英俊、高大，你不太蠢，你有一双蓝色的眼睛。作为推理，这是滴水不漏的。你怎么回答？"

"我太太会怎么说？"

"她没必要知道。你也同样，你不会很清楚你是父亲。"

"那我有什么好处？"

"没有任何好处。我只关心自己的好处。你觉得我还可以吗？

不，我对自己的分析是十分符合逻辑的，不合逻辑的是你！"

我们在家里宴请几个朋友，其中有 M 一家。吃饭之前，大家去看婴儿，保姆刚刚给他喂了晚上的奶糊。大家轻轻地笑着，想找出他与父亲或母亲的某些相像之处。埃莱娜穿着新裙子，显得非常漂亮。生了孩子之后她显得更年轻了，正如其中的一个客人所说的那样。那天晚上，她很高兴，与 M 斗起智来。大家都兴高采烈的，让我有些哑口无言了。我太太最后发现了我神情冷漠，双眼茫然，脸色刹那间阴沉下来。

下星期一，克罗埃已经拥有了她的新房间，在顶楼，那是由三间旧的用人房连通起来而成的，其中一堵墙已经拆掉，另一堵墙开了一扇门，以便把两个房间连起来，即那个所谓的卧室和兼作厨房的浴室。整个住所相对来说面积不小，有几个架子、柜和从商店的工具间里找出来的几张圆凳，克罗埃给自己置了一份独特的家具。

她一边煮咖啡，一边满足地说，终于有了一个属于她的窝："谁都不会到这里来。如果我要跟哪个家伙睡觉，我就去他家或去旅馆。哪怕是大白天，我也不在这里接待任何女孩或小伙子，除了你。我不想再在街头流浪，在咖啡店流连。从现在开始，你到这里来看我，这要有意思多了。"

她端来杯子。我在床沿坐下，她坐在地上，靠着我的膝盖。
"我们这样不是很好吗？"
我喝完咖啡后，她拿走了杯子，放在地毯上，然后半站起来，跪在我的双腿之间，面对着我，双臂搂着我的腰，头靠着我的胸前。我也搂住了她，抓住她背后的衬衣一角，把它从长裤中扯了出来,手慢慢地抚摸着她的皮肤。时间非常安静,有点让人不安。院子里的声音通过半掩的气窗传来:鸽子的咕咕声,人们整理碗碟清脆的声音,西班牙女佣沙哑的声音絮叨。

"你知道,克罗埃,"我仍紧紧地搂着她,说,"我现在(我强调最后这个词)非常爱我的太太。"

"是的,我知道。如果你爱你的太太,那好,别到这里来。"她说着挣脱开来,突然站了起来。

"让我说完,"我提到了声音,"我的意思是说'现在'我爱我太太,比任何时候都渴望她的身体,但我被你所吸引了,以至于我都不知道自己能不能控制得住。我的意志甚至发生了动摇。有时,我在想,我们是不是最好不要一起睡觉,那将更加纯洁。你觉得男人能同时爱两个女人吗?这正常吗?"

"这要看你所说的'爱'是什么意思。充满激情的爱,不可能,因为激情不能持续。如果你想同时跟两个或许多女孩睡觉,甚至对每个女人都很温柔,没有比这更正常的了。所有的人都这么做,只是公开的程度不一样罢了。多配偶是正常的。"

"那是野蛮的,是对妇女的奴役!"

"不一定,如果女人也这样做的话。如果你是个正常的人,你会跟你喜欢的所有女人睡觉,也会让你的太太跟她喜欢的所有男人睡觉。我知道我是对的,但我无法说服你。我敢肯定,你总有一天会欺骗你太太,但我不想说一定是跟我。从我所做的破坏工作中最后得到好处的,也许是另一个女人。"

"在一个一夫多妻制的社会里,我可能会有几个妻子,而且也许会生活得很好。但在一个像我们这样的社会里,我不能把生活建立在谎言之上。我已经向我太太隐瞒了太多的东西。"

克罗埃听到这里,"扑哧"了一声:

"可谁又能向你证明她没有向你隐瞒什么呢?你知道吗,我那天看到她跟一个男人在一起?"

"在哪里?"

"圣拉扎尔车站。那是一个多月以前的事了,他们说着话。她没看到我,但我清楚地认出了她。

"有什么特别的呢?她常常来巴黎,认识不少人。那个人应该是她的一个同事。他长得什么样?"

"我没有在意,应该说很普通吧!应该是一个教授。他们的行为举止很端庄,但我想,假如我们俩在一起聊天,你很害怕遇到她,突然,我们撞见她正在跟X或Y调情,那就是天大的笑话了!"

我笑了,向她承认说,我怀疑埃莱娜的一个同事,M,很有可能爱上了她。那是一个十分风趣的男人,她很喜欢跟他在一起,但我不相信他在身体上对她有任何诱惑,所以我从来没有在这方面提出过问题,我想我永远不会提出这个问题的。

"下次,我有个建议,"我离开她的时候说,"我们在这里很好,可以说太好了。下个星期一,我会抽时间,整个下午,我们去一个舒适的地方吃饭,去森林,去河边,你爱去哪去哪。我们会有足够的时间,可以好好讨论问题。你说好吗?"

一个星期后,1点30分左右,我登上了通往克罗埃家的后楼梯。我敲了很多次门,因为她在里面淋浴。

"是你呀,"她最后喊道,"啊,门关了!哎,从那里进来。"

我听到她在拉面向走廊的浴室的门栓。我走了进去,看见浴帘搭在她的手臂上。看见我关上门,朝卧室走去,她喊道:

"等等,把浴巾递给我。"

她从浴帘后来伸出手臂,抓住浴巾。

"你能到地毯这边来吗?"她接着说。

就在我走到地毯上的时候,她撩开浴帘,裹着浴巾,从浴缸里跳了出来。她一手抓住浴巾,另一只湿淋淋的手臂搂着我,吻我的脸颊:

"别害怕,一点水而已,不会弄脏你的……哎,既然你在这里,那就替我擦擦吧。"

为了不违反她要我擦身的命令,我小心地碰了碰她的身体,擦了几下。

"认真点!好好擦!"

于是我打开毛巾,平摊在手里,认真地替克罗埃擦起身来,一直擦到脚跟。她接着又拿起浴巾,扶着我的西装,迅速地擦了擦自己的肚子和大腿,然后扔掉,她扔得太用力了,差点使她失去平衡。她抓住我的肩膀,贴着我的身体。我搂住她的腰,不断地吻她刚刚沐浴过的赤裸的上身。

"你的衣服刮痛我了。"她松开了我的身体,示意我把衣服脱了。我马上就照办了。

看到我开始脱衣服,她完全放心了,扔下了我,自己去了房间,跑到床上。我则继续脱衣,解开我那天穿的运动衫的扣子,准备把它脱了。但就在我把它从头上脱下来时,我停了一下,朝开着的门走了一步。透过现在已脱到眼睛的运动衫的缝隙,我朝床的方向看了一眼:克罗埃支着一个臂肘,背对着我,正忙着捋床单,并把长枕竖起来。她扭过头,从肩膀上面看了我一眼,笑了,因为我显得很滑稽。我往旁边走了一步,走出了她的视线,转身来到洗脸盆的镜子前。我照着镜子,放下衣领,整张脸都露了出来，好像戴着一个风帽。我笑了笑，微笑最后变成了愤怒的咧嘴强笑。我一甩头，让运动衫落在了肩上。

在隔壁房间里，克罗埃已经不再动弹，有几秒钟寂静得让人十分压抑。我把水龙头开得大大的，在水声的掩护下，我顺手抓住运动衫，走到通往走廊的门口，打开门，走了出去。

尽管我小心翼翼，我还是担心克罗埃会听见我逃跑的声音，把我叫住。我匆匆下了楼梯，三步并两步，气喘吁吁地跑到马路上。我慌张得到了马路上还在跑，撞了一两个行人。

在办公室里，我发现法比耶娜正在打电话。听到我进去的声音，她转过身来，掩饰不住自己的惊慌。我感到自己的突然回来打乱了她的计划。

我很快来到自己的办公室，在窗边站了一会儿，让自己缓过气来。然后，我去关门，匆忙中，我没有把门关紧。我拿起电话，拨了家里的号码。

接电话的是埃莱娜：

"出什么事了？"

"什么事都没有。我只是想知道你是不是在家，因为我想我马上就要回来。我本来有个约会，现在取消了。我没事可做，我想回家，所以先通知你。就是这样。"

"可你现在就可以回来！为什么还要打电话？"

"因为……嗯……电话就在我手边。我马上到家。"

我回家时，埃莱娜有些不安地打量着我。

"你吓坏我了，你的声音怪怪的。你没生病吧？"

"没有,只是,我今天的计划被打乱了。我想,既然没事可做,待在办公室里还不如回家。可我不想打搅你。"

"我也没什么事做。总之,你一点都没有打搅我。我在工作。当着你的面我甚至效率更高。不过,我今天有点想偷懒。我……嗯……没什么,我要去买东西的,但现在还没去。"

"去巴黎?"

"不,在这里买,没什么大东西。"

"那就去买吧。别让我打乱你的计划。"

"不,我在家里不妨碍你吗?"

"你疯了!我是为了你才回来的。我没有特别的话要对你说,但我想见你。在下午的时候见你。我们从来没有在下午见过面,除非是星期天。"

她坐在长沙发上,我走到她旁边坐下,搂住她裸露的肩膀。她穿着一件夏天穿的无袖小裙子。我接着说:

"我发现,我不怎么喜欢下午。我感到很忧虑,害怕孤独。你呢?"

"我下午没课,女孩带着孩子们散步去了,我有一种空虚的感觉,有点异常。但这是不习惯的缘故,看到你在家里我也感到挺怪的。"

当我准备站起来时,她拉住了我:

"不,别动。我很高兴,很高兴,你不知道我有多么高兴!只是,"她补充说,脸上露出一丝不易察觉的微笑,"我的样子一定有点傻傻的。"

我紧紧地抱住她,两人就那样待着,什么话都没说。最后,还是我打破了沉默。

"埃莱娜?"

"嗯。"

"我想告诉你一件事。"

"啊?"

"为什么'啊'?"

"我以为你没什么特别的事要告诉我。"

"我现在才想起来。而且,我觉得非常荒谬,虽然我觉得最好还是不说了吧。是这样:我坐在你身边,你让我感到害羞。你让我感到害羞是因为你太漂亮。你从来没有这样漂亮过。但你让我感到害羞,也因为我爱你,这就难以理解了。这非常荒谬,不是吗?"

"不,一点都不,我完全能理解。"

"我这样说是因为总是担心你把我的胆怯当作是冷漠。"

"可冷漠的是我!比你冷漠得多!你很完美。我不喜欢一个男人对我太随便,不断地想知道我在想什么,哪怕他的用意是好的。"

"是的,我有时很内疚,没有多跟你说话,没有跟你说说心里话,却跟一些毫无意义、泛泛之交……或者至少是关系不能持久的人谈几个小时。"

她没有回答,低下了头。

"埃莱娜?"

她想把脸藏起来,我向她的脸弯下腰去:

"你哭了?"

"没有,"她说,她面对着我,用湿漉漉的眼睛盯着我,"我在笑,你看得很清楚!"

她把头埋在我的胸前,神经质地大笑起来,最后变成了哭泣。我抚摸着她赤裸的肩膀,吻她的脖颈,她慢慢地平静下来。

我解开她裙子上面的扣子,把手伸到里面,抚摸着她的背,在她耳边轻声地说:

"家里没人?"

"5点之前都没有。不过,我们还是去卧室里吧!"

# 译后记

翻译和出版侯麦的这本《六个道德故事》，本身也有一个故事。我最初接触侯麦，并不是通过他的文字，而是他的电影。此前虽然知道法国的这个大导演，但一直没有看过他拍的电影。直到有一天在碟友沈强家中发现了一盒六碟精装的《六个道德故事》，便夺人所爱，"借"回家中。看完第一个"故事"，也就是《面包店的女孩》，我就喜欢上了他的东西，心想还有这么好看的电影，真有相见恨晚的感觉。这部不到半小时的黑白短片，虽然年代已久，画面简单，演员也不怎么漂亮，更没有今天的高科技助威，但构思之巧妙，结构之精致，尤其是戏剧性的结尾，让人拍案叫绝。它给我的艺术享受，远远超过当今的许多好莱坞大片。于是，这六张碟，也就是六部电影，成了我的挚爱，不时都会拿出来"复习"一遍，喜欢的，是它可以咀嚼的味道，也就是作者所谓的"文学性"。虽然它所谈论的话题和表述的观念在今天看来有些过时和老套，但就文艺片而言，它永远是经典。

后来有一天，到巴黎出差，去 L'Herne 出版社谈项目。这是一家出版学术著作的"小"出版社，我曾购买过他们长达七十万字的《解读杜拉斯》的中文版权，和他们的老板塔古女士很熟。谈完项目，塔古女士指着书架上的书，说喜欢什么书随便拿，我一眼就看到了这本《六个道德故事》，原先以为是同名的其他小说，谁知竟然就是侯麦的那六部小说的原始版本。我说你们怎么也出小说？塔古女士笑笑说，我碰上运气了。我当即决定买下这本书的中文版权，并在回国后马上就动手翻译，边译边看碟，那种感觉真是妙不可言。译完五个故事，对方合同却还未到，我有点担心，便停了下来。这一停就近一年，等我拿到了合同，也腾出了时间，准备完成全书的翻译时，电脑却突然坏了，两个硬盘同时出了问题，行家都说这种情况很少见。我找了全城最出名的电脑"大王"，甚至联系了高校和安全系统的专家，希望能把文件抢救出来，但最后谁也无能为力。人脑有时敌不过自己发明出来的电脑。

我无法再面对这本书，不单心疼白白浪费的那几个月时间，而是重新翻译断然已没有当初的惊喜、新奇、满足和由此带来的灵感，于是又放了近一年，直到我带着遗憾离开了中国。初到蒙特利尔的前几个月，身心感到异常轻松，终于可以不带功利地躲在窗明几净的市图书馆、区图书馆、镇图书馆安安静静地读自己喜欢的书了。但在一个天气极其寒冷、暴风雪肆虐全城的日子，我在温暖如春的蒙特利尔国家图书馆的文学书架上，又看到了我熟悉的这本书。奇怪的是，在资料和图书极为齐全的这个"大图书馆"里，侯麦的书却只有一种，也就是这本《六个道德故事》，但有三个版本，除了我原先就有的 L'Herne 的 2003 年版本外，还有该社 1978 年的最初版本和法国电影手册出版社"小图书馆"丛书的版本。我对照了三个版本，发现我据此翻译的 2003 年版本有不少印刷错误，而电影手册的版本编校质量要高得多。于是，在三个版本的鼓励下，在法国和中国以外的第三国，我又重拾旧心情，开始了新的翻译。

埃里克·侯麦是一个国际级的电影大师，但很低调。他是那种靠实力而非靠喧哗征服观众的人，初次看他电影的人，都会有一种相见恨晚的感觉，因为他的作品实在是妙不可言。但大师出道时并不顺利，第一次拍长片便遭遇"滑铁卢"，而且伤得不轻，以至于在很长一段时间里没有人再敢找他拍电影。是《六个道德故事》救了他。在将近十年的时间内，他耐心而精心地陆续将他自己写的这六部小说都搬上了银幕，以其深刻的思想内容和近乎完美的艺术表现手法赢得了一次又一次掌声，并逐渐跻身世界一流电影导演的行列。

侯麦被普遍认为是法国新浪潮电影的代表人物，但他更多是扮演理论家的角色，在实践上，他还是与自己所倡导的理论保持一定的距离。如果说，戈达尔是把新浪潮当作一种"反传统和反大众口味"的宣言，特吕弗认为新浪潮的最大意义就是把个人体验带入电影创作，对侯麦来说，新浪潮则更多是意味着电影可以低成本制作。在多年的电影创作生涯中，他都坚持采用最简单的拍摄方法，起用非职业演员和非明星演员，摄影器材也很普通，摄制组人数很少。他早期的电影明显带有知识分子的特点，片中没有山崩地裂的爱情和惊天动地的故事，而是致力于表现人物的内心思想状态和矛盾冲突，孜孜不倦地阐述他所感兴趣的命题，如忠诚、背叛、猜忌等，不厌其烦地纠缠于让人捉摸不定的情感世界，所以有评论家认为他的电影是"思考而非行动的电影"。《六个道德故事》典型地反映了他的这一倾向，他把镜头对准法国的年轻小资们，细致入微地刻画他们的情爱困惑与纠葛。影片往往以自命不凡的男主人公为主导，女性常常是被动的形象，受男性的戏弄和嘲笑，但最后，陷入道德困境的男主人公会发现，他们所嘲弄、所鄙视的女人虽然受了伤，但离去时都带着微笑，并很快找到了自己的幸福，而自以为得胜的男人最终却一无所获，《苏珊娜的故事》中的贝特朗就是这样，他与朋友纪尧姆一唱一和，先是勾引然后是捉弄和抛弃苏珊娜，把她当作是一个甩不掉的讨厌包袱。具有讽刺意味的是，最后，当"我"门门功课都不及格，而且失去了爱情时，备受奚落和侮辱的受气包苏珊娜却找到了幸福。"当我在大街上、咖啡馆或游泳池里遇到她挽着她英俊的弗兰克时，她会不由自主地嘲笑我……苏珊娜剥夺了我同情她的权利，完全达到了自己报复的目的。"

《克莱尔的膝盖》是"道德系列"中获得荣誉最多的一部，获得了美国影评人协会最佳电影奖、美国国家评论协会最佳外语片奖、金球奖最佳外语片提名。影片讲的是两个与洛莉塔一样的年轻女孩和一个中年男人热罗姆的故事，热罗姆为了作家朋友的灵感而越过道德底线，去勾引年轻女孩劳拉，却被劳拉的姐姐克莱尔的美丽膝盖所吸引，最后他如愿以偿，尝到了青涩之果，但他刚转身，克莱尔又回到了她那个不诚实的男友的怀抱，让热罗姆心里泛酸。《女收藏家》中的阿德里安也是如此，他蔑视天天游走于不同男人之间的艾黛，却又忍不住想沾腥。收藏家山姆的出现使他们的关系骤然拉近，就在阿德里安的道德观念倒塌，准备接受艾黛时，他们在开车回家的路上遇到了以前跟艾黛鬼混过的几个男人，阿德里安感到一阵恶心，大倒胃口，于是匆匆订了前往伦敦的机票，远走高飞。侯麦把阿德里安的两难处境和矛盾心理刻画得十分微妙，对他脆弱有时甚至是糊涂的道德观进行了无情的讽刺。

《慕德家的一夜》是"道德系列"小说的第三部,却比第四部《女收藏家》晚两年推出,可见侯麦对此片的用心程度,事实上这也是他思想内容最为丰富的一部作品。主人公"我"是三十四岁的天主教徒,被老同学维达尔邀请到离异美妇人慕德家里做客,三个有着不同道德思想的人整晚都在讨论帕斯卡尔,最后维达尔离去,而"我"则被慕德以大雪之夜道路难行为由而挽留。在这个不眠之夜,"我"在慕德的引诱下既不屈服又不拒绝,而就在"我"投降之际,道德又战胜了欲望,"我"翻身下床,匆匆离去。这个著名的慕德之夜,已成为电影史上的经典段落。同样临阵脱逃的还有《午后之爱》中的主人公,他家庭幸福,事业顺利,与妻子相亲相爱,却被一个他原先看不起的潦倒女人克罗埃黏住。他对克罗埃从同情到友情,最后发展为一种朦胧的爱,但当克罗埃要跟他来真的的时候,他又良心发现,偷偷地溜走,回到了妻子身边。不过,他的道德力量能维持多久,谁也不知道。如果说他的肉体没有出轨,他的思想却非常危险,整个人随时处于失足的边缘。他不是琢磨坐在对面的女子,就是看大街上的美女,甚至异想天开地想象能发明一种小仪器,消去别人(主要是女人)的意愿,让别人就范。

在这六个故事中,我最喜欢的还是《面包店的女孩》。这部短片说的是一个大学生与一位妙龄女郎每天在街上相遇,大学生对女郎渐生爱意,但在接下来的三个星期失去了女郎的踪影。在这段时间里他天天在老时间去老地方转悠,希望能碰到女孩。饿了,便到蒙索街的一家面包店买点心吃,无聊之余,开始跟面包店女孩眉来眼去,展开了一段调情游戏。故事的神来之笔在于结尾,就在大学生俘虏了面包店女孩,与她相约外出看电影时，久违的女郎出现了，并且接受了他的感情，结果，面包店女孩瞬间就被无情地抛弃了。《面包店的女孩》大致确定了《六个道德故事》的整体基调，即恋爱中或婚姻中的男主角被另一个女性吸引，但经过一番灵与肉的搏斗，男主人公幡然悔悟或是临阵脱逃，回到原先的女人身边，或回归以前的情感和生活。侯麦认为，把一个主题连续拍摄多遍，才能更加充分表达出自己想要表达的思想。于是，他的道德故事不是一个，而是六个。

侯麦的电影与其他"新浪潮"大师的不同之处在于他擅长描写普通年轻人的心理状态，一些看起来平常的小事就是影片的全部，观众想看故事，影片中却并没有什么故事，侯麦展现的是日常生活的点点滴滴。他的电影镜头简洁，风格朴实，很少配乐，只有大量的对话，他想表达的思想和阐述的观点，大多是通过对白来表现的，而剧情的发展、故事的叙述，也是用对话来推动的。他的对话轻松幽默，耐人寻味，虽然有时给人以饶舌的感觉，但并不显得沉闷。许多思想火花，就是在唇枪舌剑的语言交锋中迸发出来的。他的电影，体现了法国人浪漫的天性，也反映了20世纪60年代法国知识分子对传统和宗教束缚的抗拒。不过，侯麦的思想观念和道德观点还是比较正统的，因为他让"故事"中的主人公经过一段迷失，最后都回归道德，回到了"正确"的人生轨道上。

"道德故事"系列是侯麦的起步作品，也是他的成名作，奠定了他在世界影坛的地位，但很难说是他的代表作。除了这一系列之外，他在20世纪80年代拍摄的"喜剧与格言"系列，90年代拍摄的"四季故事"系列，可以说部部都是精品，尤其是《绿光》等影片，让观众们有口皆碑。2001年，威尼斯电影节组委会把金狮终身成就奖颁给了这位老导演，以表彰他为电影事业做出的巨大贡献，这实在是实至名归。

本译本曾在2010年由作家出版社出版，2012年由台湾自由之丘文创事业/远足文化事业股份有限公司再版。现加以修改润色，交由上海雅众文化重新出版。经典作品值得不断打磨，以期把更完美的译文呈献给读者。

胡小跃
2019年2月

图书在版编目 (CIP) 数据

六个道德故事 / (法) 埃里克·侯麦著; 胡小跃译. -- 北京：北京联合出版公司, 2020.4（2020.11 重印）
ISBN 978-7-5596-3898-4

Ⅰ. ①六... Ⅱ. ①埃... ②胡... Ⅲ. ①短篇小说—小说集—法国—现代 Ⅳ. ① I565.45

中国版本图书馆 CIP 数据核字（2020）第 005034 号

## 六个道德故事

作　　者：[法]埃里克·侯麦
译　　者：胡小跃
策 划 人：方雨辰
监　　制：陈希颖
特约编辑：赵　磊　黄诚政
责任编辑：郑晓斌　徐　樟
封面绘制：Moeder Lin
封面设计：山川制本 workshop

北京联合出版公司出版
（北京市西城区德外大街 83 号楼 9 层　　　100088）
北京联合天畅文化传播公司发行
山东临沂新华印刷物流集团有限责任公司印刷　　新华书店经销
字数 180 千字　889 毫米 ×1194 毫米　1/32　8 印张
2020 年 4 月第 1 版　2020 年 11 月第 2 次印刷
ISBN 978-7-5596-3898-4
定价：58.00 元

**版权所有，侵权必究**
未经许可，不得以任何方式复制或抄袭本书部分或全部内容
本书若有质量问题，请与本公司图书销售中心联系调换。电话：64258472-800

Originally published in France as:
SIX CONTES MORAUX
by Eric Rohmer © Editions de L'Herne
Current Chinese translation right arranged through
Agency Litteraire Astier-Pecher C/O Divas International, Paris
巴黎迪法国际版权代理
Simplified Chinese edition copyright
2020 Shanghai EP Books Co., Ltd.
All rights reserved.